아무튼, 헌책

아무튼, 헌책

오경철

제철
소

인천, 아벨 가던 길을 추억하며

차례

서문

옛날에 나는 어느 헌책방에서 『채링크로스 84번지』를 샀다. 책에 대한 이야기를 좋아하는 사람이라면 누구나 한 번쯤 읽어보았지 싶은 책. 이 책의 한국어판은 2004년에 처음 나왔다. 역자는 「옮긴이의 말」을 이렇게 맺고 있다. "나의 오만한 억지에도 쾌히 책을 넘겨주었던 도도에게 늘 빚진 마음이었다. 이걸로 대신할 수는 없겠지만 귀한 인연 허락해주어 고맙다고, 꼭 이야기하고 싶다."* 그로부터 얼마간 시간이 흐른 뒤 어느 헌책방에서 이번에는 『채링크로스 84번지』의 원서(『84, Charing Cross Road』)를 구했다. 표지를 넘기자 파란색으로 쓰인 글씨들이 눈에 들어왔다. 2000년에 아무개가 아무개에게 선물한 책인 듯했다. 책을 건넨 사람은 자신의 이름을 이니셜로 적어두었는데 그 앞에 적힌 글자는 아마도 그의 별칭 같은 것이 아니었나 싶다. Dodo. 나는 두 권의 책을 나란히 두고 도도 혹은 Dodo가 얼마나 책을 좋아하는 사람이었을지 상상해본다. 이러한 일들은 매혹적이다. 거기에 이끌려 나는 여전히 헌책방의 서가 곳곳을 기웃거리고 있다.

* 헬렌 한프, 『채링크로스 84번지』, 이민아 옮김, 궁리, 2004, 155쪽.

나는 다독가가 아니다. 우리말 문장을 읽고 이해하기 시작한 이래 멈추지 않고 책을 읽어오기는 했지만 그것은 이를테면 바탕이 게으른 데다 걸음마저 무척 느린 누군가가 바람 쐬기는 즐겨 악천후만 아니라면 날을 거르지 않고 어슬어슬 동네 산책을 하는 것과 비슷한 일이었다. 그런 사람에 지나지 않는 내가 자못 주제넘게 다른 것도 아니고 하필 책에 대한 책을 써보려 용기를 낸 까닭은 이제부터 여기서 다룰 이른바 헌책이 독서라는 행위와는 무관하게 독특한 애호의 대상으로도 존재하는 사물이 아닐까 하는 생각을 퍽 오랫동안 해왔기 때문이다. 그런 뜻에서만은 비록 다독가는 아닐지언정 스스로를 애서가라 부르는 객기를 잠시 부려볼까 싶다가도 그야말로 말의 값에 걸맞은 애서가들의 면면을 떠올리면 한껏 심신을 웅크리게 되고는 한다. 다만 내가 발붙이고 사는 곳에서 그리 멀지 않은 헌책방들을 문턱이 닳도록 드나들며 골똘히 책을 들여다보고 마음을 쿵쿵 두드리는 책을 발견하면 기꺼이 나의 남루한 서재에 들여놓기를 무던히 일상의 도락으로 삼아온바, 두말할 것도 없이 시대의 흐름과 동떨어진 이런 일을 어쩌자고 이리도 오랫동안 이어왔는지 그 연유를 스스로에게 차분히 묻고 나름대로 진지하게 답한 시간들의 흔적을 추려본 것이 이 책이라 할 수 있겠다.

실은 겸연쩍음을 숨기기 어렵다. 자립을 한 뒤로 줄곧 책을 만들면서 먹고살아왔으니 독서야말로 명색 편집자라는 내 지난날의 직업과 다름없는 위상을 가졌어야 마땅하지만, 나는 문사철(文史哲)의 우뚝한 고전들을 비롯해 피가 되고 살이 되는 양서를 부지런히 읽으며 두뇌를 단련하고 고급한 교양을 쌓기보다 대부분은 내가 알 리 없는 아무개가 소유했으나 짐작하기 어려운 온갖 사연을 안고 세상에—그러니까 헌책방에—흘러든 책들에 걷잡을 수 없이 매혹되어 성실한 독서가가 되기 위해 걸었어야 할 길에서 탈선해버리고 말았던 것이다. 그렇다해도 헌책을 애호해온 시간에는 개인으로서 나의 삶이 고스란히 포개어지고 나는 그런 포개짐이야말로 다른 사람이 알아주든 말든 더없이 소중하다. 바라건대 이 책이 그 작고 수수한 사랑의 기록 같은 것이 되었으면 한다. 이러한 희망은 여기에 실린 부스러기 같은 글들에서 떨어지지 않을 그림자이리라.

하필이면 수집

아주 많은 사람들이 눈으로 볼 수 있는, 그러니까 형태를 가진 무언가를 모은다. 누구나 물건을 모으지는 않지만 그렇다고 물건을 모으는 행위가 특별한 것도 아니다. 애석하게도 인간이 물건을 모으는 심리의 본바탕과 이모저모에 대해서 귀담아들을 만하게 떠들 능력이 나에게는 없다. 그러나 짐작하건대 심리학자들이나 정신분석학자들도 이에 대해 그럴듯한 답을 내놓을 것 같지는 않다. 이것은 어쩌면 역사학이나 문화인류학의 영역에서 다루어야 할 사안인지도 모른다. 농경을 위해 정착 생활을 시작하면서부터 인류에게 자연스레 생긴 습관은 아닐까, 혹은 상업과 무역이 발달하며 시작된—문화와 예술 또한 융성하기 시작했을 테니—습속은 아닐까 하고 엉성히 짐작해볼 따름이다.

나도 특정한 물건을 틈나는 대로 모으고 있는 족속이라 이 문제를 조금 더 파고들어보고 싶지만 먹고살려면 부득이 해야 하는 일들에 치여 진득하게 궁리하지는 못한다. 다행인 것은 인간이 무슨 까닭으로 갖가지 물건을 집요하게 모아대는 것인지 그 난제를 어떻게든 풀어보려고 애쓴 교양인들이 이 세상에 적지 않고 그들 가운데 일부는 이 문제에 대해 대단히 흥미롭고 설득력 있으며 때로는 심오하기까지 한 나름의 통찰을 남겼다는 사실이다. 나는 책을—주로 문학, 문화, 예술 분야의—읽다가 그러한 통찰이 담긴 글들이 눈에 들어오면 금세 부풀어 오르는 호기심에 허리를 꼿꼿이 세우고 꼼꼼히 들여다보게 된다.

내가 모으는 물건은 다름 아니라 책, 그것도 나의 소유물이 되기 이전에 다른 사람(들)이 가지고 있었던 헌책—물론 헌책 일반은 아니다—으로 나는 이 수집 행위에 오래전부터 열정을 쏟아왔다고 말할 수 있다. 무언가를 모으는 사람이라면 그 누구도 예외가 되지 않으리라 짐작되는바, 나 역시 헌책이라는 물건을 고르고 사들이는 나의 집요하고 반복적인 행위를 추동하는 기제는 무엇인지, 그리고 이러한 행위 자체가 어떠한 의미를 갖는지 길을 걸으면서, 커피를 마시면서, 심지어 변기에 앉아서도 끊임없이 자문하지 않을 수 없었다. 하지만 그 답을 스스로 찾는 일에는 도통 진전이 없으니, 앞서 말했듯 굳이 책이 아니더라도—책이라면 더할 나위 없고—어떠한 물건을 수집하는 일에 대해 정연하게 쓰인 글을 발견하면 그 설렘을 오래 지속하기 위해서라도 되도록 천천히 읽으면서 글을 쓴 이의 목소리에 가만히 귀를 기울이고는 했던 것이다. 나 혼자 생각에 그러한 글을 읽는 것은 때로 마음이 통하는—수집이라는 행위를 애호하는—누군가와 도란도란 나누는 순수한 한담이요 정담이나 매한가지다. 이를테면 이런 대목을 읽는 일이 그러하다.

"왜 쓸모도 없는 물건들을 그렇듯 부지기수로 모아대는가." 그렇게 묻는 사람이 있다. 그러나 여기엔 '왜'와 같은 합리적인 길은 없다. 쓸모가 있어서 모으는 것이 아니다. 내 마음을 유달리 사로잡는 무언가 존재하기 때문이다. 모으는 사람은 수집하는 물건 속에서 '또 다른 자신'을 찾아내고 있는 셈이다. 모으는 물건들은 각각 자신의 형제인 셈이다. 혈연관계에 있는 자가 여기서 해우하는 것이다. 자신과 자신이 모으는 물건, 뭐랄까 그 사이엔 유구하고도 심오한 인연이 있다. 수집에서 나의 고향을 발견하는 것이다. 수집가는 환희를 맛본다. 그래서 물건과 해후하지 못하면, 어딘가 스산해진다. 무언가 모자란 것이다. 구하려는 마음에는 끝이 없다.*

* 야나기 무네요시, 「수집에 대하여」, 『수집이야기』, 이목 옮김, 산처럼, 2008, 19~20쪽. 미술사가, 미술평론가 야나기 무네요시(柳宗悅, 1889~1961)는 이른바 민예(民藝) 운동의 창시자로 공예를 비롯하여 조선의 예술에도 지대

사람은 동식물뿐만 아니라 물건과도 연을 맺는다. 어떤 물건이든 누군가에게는 애착의 대상이 될 수 있다.** 그리고 애착은 대상과의 좀 더 잦은 만남, 나아가 대상에 대한 영구 소유의 욕망을 낳기 마련이다. "형제"라든가 "혈연관계"라는 표현은 다소 지나친 것이 아닌가 싶기도 하지만 소유하고 싶은 물건과의 만남은 "심오한 인연"이라고 말할 만하다. "내 마음을 유달리 사로잡는 무언가"가 내게

한 관심을 기울여 『공예문화』, 『조선과 그 예술』 등 우리 문화에 대한 저서를 여럿 펴낸 바 있다. 그는 민간의 소박하지만 가치 있는 물건들을 다수 수집하여 시민들이 공공으로 향유할 수 있도록 민예관을 건립했다. 『수집이야기』는 과거에 번역 출간되자마자 사서 여러 번 읽은 책이다. 오랫동안 갖고 있었으나 지금은 그 소재가 불분명하니 여간해서는 책을 잃어버리는 일이 없는 내가 짐작하기로 언젠가 또 내다 팔아버린 책들 속에 섞여 들어갔지 싶다. 이 책은 절판이 되어서 지금은 헌책방에서 구하거나―물론 정가보다 훨씬 비쌀 것이다―도서관에서 빌려 읽는 수밖에 없다.

** "한 미술평론가가 듣는 사물들의 은밀한 음성"이라는 부제가 달린 미술평론가 박영택의 『수집 미학』(마음산책, 2012)에는 애착의 대상이 되기에 모자람이 없는 여러 물건에 관한 이야기가 실려 있다. 이 책의 저자에게는 심지어 '망치'도 그러한 물건 중 하나다. 이 책 역시 절판되었으나 관심 있는 분들은 모쪼록 구해서 읽어보기 바란다.

있다는 것을 알아차렸기에 남들 눈에는 쓸데없는 물건을 마치 "또 다른 자신"을 찾듯 모으고 또 모으는 것이다. 글은 이렇게 이어진다.

> 수집은 물건을 향한 정애다. 물건을 구입하는 행위는 그러한 정의, 기연(機緣)을 만드는 일이다. 그렇게 해서 모으는 일은 그 정을 더욱 뜨겁게 한다. 그 정이 강화되기에 더더욱 물건을 사게 되는 것이다. 사 모으지 않으면, 이 정이 격화될 기회는 적다. (…) 이러한 의미에서 수집은 물건에 대한 이해를 강화하는 길이라 말해도 좋겠다. 수집을 통해 진리와 미의 내용이 확장되는 것이리라. 그래서 그것으로 말미암아 수많은 물건들이 발견되고 세상에 알려지고 지켜지는 것이리라. 좋은 수집은 세계의 가치를 높여준다.[*]

이 대목은 읽을 때마다 고개를 끄덕이게 한다. 나와 내가 정을 느껴 모아들이고 연을 맺는 물건 사이에 흐르는 것은 일종의 에로티시즘이다.[**] 이 특

---

[*] 같은 글, 20쪽.
[**] "수집가는, 연인이 그렇듯이, 자신의 소유물을 빼앗기지

별한 에로티시즘을 유지하려면 더욱더 많은 물건들과 연을 맺지 않으면 안 된다. 그래서 마치 무언가에 홀린 듯 계속 물건을 사들이는 것이다. 그러다 보면 깨닫게 되는 것은 이러한 행위가 기실 내가 애호하는 물건에 대해 더 깊이, 더 넓게 알게 해준다는 점이다. 나는 때때로, 아니 자주 사랑이 앎보다 앞서기도 한다는 것을—에로티시즘!—내가 좋아하는 물건을 "뜨겁게" 모으는 나의 행위를 통해 실감하고는 한다. "좋은 수집은 세계의 가치를 높여준다"라는 다소 뜬구름 잡는 듯 보이는 말 뒤에 이어지는 아언(雅言)들은 내가 장황하게 소개하기보다 약간의 관심이라도 생긴다면 독자들이 직접 읽어보기를 바라마지않는바, 그것이야말로 수집을 하는

않으려고 애면글면하며, 연인이 그렇듯이 소유물에 대해 말하거나 생각할 때면 자기도 모르게 성애적·자기애적 표현을 사용한다. 욕망의 대상으로. 그것이 아름다운 이유는 만질 수 있기 때문이다. 만질 수 없는 사랑은 빈약한 대용품일 뿐이다. (⋯) 이처럼 자기애적 우주 안에 은신함으로써—이는 자폐 경향의 우아한 일면이라고도 볼 수 있을 텐데—수집가는, 연인이 그렇듯이, 세계와 욕망의 대상이 어디선가 자기만을 기다려줄 거라고 믿는다." 필리프 블롬, 『수집: 기묘하고 아름다운 강박의 세계』, 이민아 옮김, 동녘, 2006, 263쪽.

사람이 자신의 의도와 상관없이 인식하게 되는 순수한 가치인 까닭이다. 그 말들의 마지막 몇 문장만 옮겨오자.

수집은 반드시 영원한 것의 찬미여야만 한다. 좋은 수집가는 사물에 대해 경건하다. 이 경건함이야말로 그 수집에 빛을 비춰주는 것이다. 사물만으로는 이 빛은 나타나지 않는다. 수집은 사물보다는 마음과 깊이 관계한다.

내가 유독 헌책을 모아들이는 데 마음을 쏟는 일에는 여봐란듯이 떠들어댈 만한 이야기가 없다. 다만 의미 있는 헌책을 수집하는 일은 내게 적잖은 기쁨을 주고 나의 건조한 일상에 잔잔한 활력을 불어넣기도 한다. 하지만 내가 헌책이라는 물건을 찬미하거나 경건히 여기는 일은 거의 없다. 또한 나는 이러한 취미 생활이 공공연히 빛나기를 바라지도 않는다. 그런 일은 일어나지 않았으면 한다. 다만 "수집은 사물보다는 마음과 깊이 관계한다"라는 말에는 은근히 공감하지 않을 수가 없다. 헌책을 사오면, 아니 사 가야겠다고 어떤 헌책을 집어 드는 순간부터 나는 그것과 나의 격렬해질 것이 분명한 관계—"사물들이 지닌 기능가치, 즉 그것들의 실용성 내지 쓰임새를 전면에 내세우지 않고, 그 사물들을 그것들이 갖는 운명의 무대로서 연구하고 사랑하는 그런 관계"*—의 조짐을 느끼기 시작하기 때문이다. 고백하건대 나는 그러한 순간들에 깊이 중독되어 있다. 나의 소유가 된 책들은 발터 벤야민의 말대로라면 "마력적 범주에서 꼼짝달싹할 수 없는 상태가"**.되고 마니 내가 그것들 하나하나를 마력적 범주에 가두어버렸기 때문이다.

독일의 역사학자이자 저술가, 번역가인 필리프 블룸은 스스로 "이상하고도 아름다운 강박증의 세계"라 이름 붙인, 수집에 관한 아름다운 책의 어느 짧은—그래서 너무 아쉬운—글(「진정한 양피지 수집광」)에서 책을 수집하는 행위와 책 수집가들에 대한 흥미진진한 이야기를 들려준다. 그에 따르면 책 수집은 "아마도 가장 풍부하면서도 가장 다중적인 수집의 형태"일 텐데 이 글 자체가 바로 그에 대한 더없이 뛰어난 예시와 근거다. 저자가 보는바 책

---

* 발터 벤야민, 『발터 벤야민의 문예이론』, 반성완 옮김, 민음사, 2004, 31쪽.
** 같은 곳.

은 여느 물건과 다르다. 천의 얼굴을 가진 수집가들이 대단히 창의적이라고 부를 수밖에 없는 다양한 방식으로 수집하는 책이란 물건은 '영원히 현재적인 유물'이다.

물건과 그 역사에는 너무나 많은 것이 얽혀 있다. 우리는 우리 자신을 보존하기 위해서 지나치게 많은 감정과 희망을 보존하며, 미혹마저도 기꺼이 보존하려 든다. 책의 힘은 아주 강력하고도 미묘하다. 책은 그냥 물건이 아니다. 수많은 인생, 수많은 시간을 가로질러 우리에게 이야기를 걸어오는 목소리를 그 안에 담고 있기 때문이다. 책이라는 물건 그 자체로도 어느 정도 목소리를 내지만, 내용으로 더욱 강력하게 표출되는 목소리 말이다. 책은 다른 시대의 유물인 동시에 전성기의 매력을 영원히 유지하는 물건이기도 하다. 물건으로서, 책으로서, 자기가 태어난 시대에도, 새로 만나는 독자의 시대에도, 변함없이, 끊임없이.[*]

지금까지 그래왔듯 아마 나는 앞으로도 헌책

---

[*] 필리프 블롬, 앞의 책, 241쪽.

이라는 유물(遺物/留物)을 사들이는 일을 그만두지 않을—아니 그만둘 수 없을—것이다. 그리고 이러한 행위를 일정하게 지속하는 까닭과 그것이 나의 삶에서 갖는 의미에 대한 오래된 궁금증 또한 그리 쉽게 풀리지는 않을 것이다. 그럴 때마다 나는 내가 아직 읽지 못했거나 언젠가 읽겠지 싶어 가까운 곳에 둔 책들을 기웃대며 책이라는 세계의 현자들이 남겨놓은, 사람이 책을 모으는 행위에 대한 그럴듯한 글들을 찾아 읽을 것이다. 그러한 글들 또한 세상의 무수한 헌책들 속에 그야말로 무진장(無盡藏) 묻힌 채 잠들어 있을 테니 그것들의 어깨를 살살 흔들어 깨우는 것만으로도 어찌 행복하지 않을 수 있겠는가.

보는 눈

좋은 물건은 결국 좋은 눈을 가진 사람에게 간다. 좋은 눈은 자신이 좋아하는 물건에 대한 관심과 사랑이 깊어야 가질 수 있게 된다. 사들이지 말아야 할 물건을 알아보는 눈이 어쩌면 살 만한 물건을 알아보는 눈보다 더 좋은 눈인지도 모른다. 이것저것 되는대로 모으다 보면 돈은 돈대로 쓰고도 정작 수집의 구색은 전혀 갖추지 못하게 된다. 책이라고 해서 다르지 않다.*

---

* 특히 고서가 그렇다. 이른바 고서 수집의 세계에 관심이 있는 독자는 인사동에 유일하게 남아 있는 고서점 통문관의 설립자인 이겸로의 『통문관 책방비화』(민학회, 1987)를 읽어보면 좋을 텐데 이 책이 워낙 구하기가 쉽지 않다. 통문관을 비롯한 우리나라 고서점의 역사와 문화에 대해서는 다음의 책들이 쓸모 있는 자료가 되어줄 것이다. 이중연, 『고서점의 문화사』, 혜안, 2007. 박대헌, 『고서 이야기: 호산방 주인 박대헌의 옛 책 한담객설』, 열화당, 2008.(호산방이라는 고서점을 운영했고 『우리 책의 장정과 장정가들』(열화당, 1999) 등 고서에 대한 책들을 펴낸 저자가 고서의 속성, 고서 수집가, 고서점을 둘러싼 이야기를 흥미롭게 써놓았다.) 최근의 글로는 유홍준, 『나의 문화유산답사기』11(서울편 3—사대문 안동네: 내 고향 서울 이야기, 창비, 2022)에 실린 「인사동1: 고서점 거리의 책방비화」를 권하고 싶다. 지난날 우리의 고서점들에 대한 저자의 생생한 회고담이 맛깔스럽다.

처음에 나는 헌책을 모으는 일보다 헌책방이라는 장소를 찾아다니며 그곳에서 책을 구경하고 뜻하지 않게 어떤 특별한 책을 발견하는 데 더 큰 재미를 느꼈다. 일반 서점에서는 절대 볼 수 없는 책들이—책으로서 얼마나 가치를 지니는지는 둘째치고—헌책방에는 언제나 가득했고 그런 책들을 마음만 먹으면 마치 발굴을 하듯 한없이 뒤지고 살필 수 있었던 것이다.* 그러고 다니면서 나는 내가 선호하는 문학책이 아니더라도 절판되어 구하기 어렵다고 여기저기서 주워들었던 책들이 간혹 눈에 띄면 평소 거들떠보지 않았던 종류의 것이라도 혹시 누가 먼저 낚아채 갈까 봐서 마음을 졸이며 족족 사들이고는 했다. 그런데 그러한 책들은 대부분 그저 소유하는 것이 궁극의 목표였던 듯 집에 가져오면 어딘가에 대충 꽂아두고는 그길로 그 존재를 잊어버렸다. 단순히 오래전에 출간되었다는 것, 그것만

---

* 움베르토 에코는 이런 말을 한 적이 있다. "진정한 수집가는 소유보다는, 찾아 헤매는 행위 자체에 흥미를 느끼는 법이죠. 진정한 사냥꾼의 일차적인 관심은 사냥 그 자체이듯 말이에요." 움베르토 에코, 장클로드 카리에르 대담, 장필리프 드 토낙 사회, 『책의 우주』, 임호경 옮김, 열린책들, 2011, 153쪽.

으로도 무언가 남다른 가치가 있지 않을까 하는 생각에 적지 않은 돈을 써가며 분주하게 사들인 낡은 책들 또한 부지기수다. 그렇게 어수선히 구매한 책들은 물론 그 나름대로 즐거움을 주지 않은 것은 아니지만 현재 내 서재에는 거의 남아 있지 않다. 나는 그것들을 내가 산 가격의 반도 안 되는 헐값을 받고 거개 다시 헌책방에 내다 팔았다. 아마도 그 책들은 나와 비슷한 소유주 여럿의 손을 거쳤을 것이다. (나름대로 오랜 시간 헌책방을 찾아다녔으나 아는 것도 없고 당연히 보는 눈도 없어 눈앞에서 무수히 스쳐 보냈을 희귀한 책들을 떠올리면 얼마간 원통하기까지 하다.)

결코 엄격하거나 정밀하다고 할 수는 없겠으나 지금은 나 나름의 원칙과 기준을 가지고 헌책을 사 모으는바 따지고 보면 이는 과거의 저러한 경험을 통해 갖추게 된 것이리라. 한편으로는 오랜 시간 헌책방을 드나들며 책에 대한 정보나 지식을 시나브로 쌓아온 결과라 할 수도 있을 것이다. 그러한 시간을 보낸 뒤로 나는 자연스레 평소 나의 머릿속 수집 대상 목록에 포함되어 있지 않은 책들은—그것이 절판본이든 희귀본이든—섣불리 사들이지 않게 되었고 그저 내가 오랫동안 찾아 헤매고 있는 책들에만 더욱 집중하게 되었다.

사실 내가 취미 생활로 이어가고 있는 헌책 수집이라는 것은 유별난 일이 아니다. 그저 오래되고 드물고 그래서 쉽게 구해서 볼 수 없는 (주로) 문학 관련 책들 가운데 나의 눈에 가치 있어 보이는 것들을 때때로 한두 권씩 사서 모아두고 들추어보기도 하며 소중히 간직하는 것, 이게 전부다. 그렇더라도 이러한 취미 생활을 얼마간이나마 나의 흐리멍덩할 때가 많은 정신을 고양하는 바람직한 행위의 영역으로 정당하게 끌어들이기 위해서는 비록 남들 눈에는 값도 얼마 나가지 않는 헌책 따위 모아들이는 너저분한 행위로 보일지언정 스스로는 책이라는 물건을 보는 눈을 가져야 하니 감히 그러한 것도 안목이라 부를 수 있다면, 그것은 헌책 모으는 일을 계속해오는 동안 내 몸에 배어든 일종의 '감(感)'이라 바꿔 말해도 무방할 것이다. 헌책방에서 짐짓 심각한 얼굴로 책을 고를 때면 이러한 감이 최대로 작동한다. 고요한 가운데서도 한껏 고취된 감은 그날 나를 기다리고 있는 '바로 그' 책 앞으로 내 발길을 잡아끈다. 이를테면 이런 장면과도 같다.

나는 유명한 서적상이자 훌륭한 작가이기도 한

제라르 오베를레를 따라서 서점들을 돌아다닌 적이 있답니다. 그는 한 서점에 들어서면 말없이, 그리고 아주 천천히 서가를 훑어보지요. 그리고 어느 순간, 그를 기다리고 있었던 〈바로 그〉 책 앞으로 다가갑니다. 그 책이 그 서점에서 그가 손을 대고, 또 구입하는 유일한 책이죠. 그렇게 지난번에 그가 고른 책은 사뮈엘 베케트가 프루스트에 대해 쓴 책의 초판으로, 아주 구하기 힘든 것이었습니다.*

값나가는 것이든 그렇지 않은 것이든 어떤 물건을—그것은 대부분 실용적인 것과는 거리가 멀고 그저 그것을 사들이는 이에게 다양한 층위의 정신적 충족감을 줄 뿐이다—일정한 돈을 치르고 자기 것으로 만드는 행위에 따라야 하는 공통된 조건이 있다면 그것은 바로 안목이리라.

헌책을 모으는 일에서도 다를 바 없다. 좋은 책을 발견하려면 좋은 눈을 가져야 한다. 나름대로 진지하게 책을 모으는 사람이 그런 눈을 갖지 못하

---

* 같은 책, 167쪽. 이 책에서 에코와 함께 끝도 없이 책에 관한 수다를 떠는 카리에르는 수집가의 안목을 "노련한 눈"이라고 부른다. 아주 적절한 표현이다.

면 이 책 저 책 마구잡이로 사들이게 될 뿐이다. 안목은 자신이 수집하는 대상들에 고유한 질서와 체계를 부여해준다. 안목이 높은 주인이 운영하는 헌책방에 가면 그런 질서와 체계를 눈으로 볼 수 있다.* 수집의 소소한 재미 또한 바로 그 질서와 체계가 공고해지는 데서 비롯되는 게 아닐까. 자신이 남달리 좋아하여 모아두고 싶은 욕구를 불러일으키는 대상 자체를 깊이 파고드는 것, 그러기 위해 반드시 필요하고 그러다 보면 자연스레 함양되는 것, 그게 바로 안목이 아닐까 싶다.

내가 헌책을 모아들이는 것은 물론 헌책이라는 물건을 좋아하기 때문이지만, 따지고 보면 헌책 말고도 좋아하는 물건이 없지 않은데 유독 헌책만을 수집하는 까닭은 무엇인가? 그 이유는 매우 단순하다. 나는 헌책 못지않게 좋아하는 물건들이 있

---

* "서적상은 단순히 책을 파는 상인이 아니라고 말하는 것은 정당하다. 추호의 모호함도 없이 말해보자면, 서적상은 서적 전달자Délivrer des livres이다. 서적을 가져오고 전시하고, 서적이 주체적인 역할을 할 수 있도록 적절한 상황을 만들어주는 사람이다." 장-뤽 낭시, 『사유의 거래에 대하여: 책과 서점에 대한 단상』, 이선희 옮김, 도서출판 길, 2016, 51쪽.

지만 그것들에 대해서는 헌책만큼 잘 알지 못하기 때문에 모아볼 생각까지는 하지 않는 것이다. 역시 나도 내가 아는 만큼밖에 볼 수가 없다. 전근대의 보물 같은 서책들이 해방 이후 여염집의 불쏘시개나 벽지로 쓰인 일이 적지 않다 하지 않는가.* 이러한 까닭에 무엇이든 물건을 수집하는 사람에게는 보는 눈, 즉 안목이 변치 않는 제일의 덕목이다. 옛날의 서화(書畫), 자기(磁器) 등이 거래되는 고미술품 시장에서 작품이나 물품의 진위를 둘러싼 논란이 끊이지 않는 것은 결국 돈은 많을지 몰라도 안목은 턱없이 부족한 사람들이 너도나도 값진 물건에 욕심을 내는 어리석음 때문 아니겠는가.**

---

* 보물로 지정된 겸재 정선의 『해악전신첩(海嶽傳神帖)』은 친일파 송병준의 집 아궁이에서 불쏘시개가 될 뻔했던 것을 서화 골동 거간꾼 장형수가 우연히 발견하고 "장작 값" 20원에 사들인 것을 간송 전형필이 무려 1500원을 주고 수장한 화첩이다. 이충열, 『간송 전형필』, 김영사, 2010, 212~220쪽.

** "위창은 서화감정에서 움직일 수 없는 권위자였다. 진위 판정에서 위창이 맞다면 맞는 것이고 작가 추정에서 위창이 그렇다면 그런 것이었다. 지금 시대엔 그런 권위 있는 안목이 없어 미술계가 진위 문제로 그렇게 시끄러운 것이다."(유홍준의 말을 빌리면 위창 오세창은 "한국서화사를 집

옛사람들의 글씨나 그림 등에 나 또한 호기심이 없지 않다. 그러나 나는 그저 명망 높은 학자들과 저술가들이 공들여 펴낸 단행본이나 관계 기관의 도록 등을 구해 읽으면서 옛 서화에 대한 관심을 살살 달랠 뿐 미술품 수집의 세계에 감히 발을 담가볼 생각은 아예 하지 않는다. 무엇보다 미술품이란 대체로 내가 소박하게 용돈을 아껴 야금야금 모으는 책들과 비교할 수 없을 만큼 비싸기도 하지만, 그 자명한 사실 때문만이 아니더라도, 내게는 그것들의 가치를 제대로 알아볼 만한 눈, 그러니까 안목이 턱없이 부족한 탓이다.

책의 세계에도 어지간한 애서가들 또한 자신

대성한 문화보국의 위인"이다.) 유홍준, 『안목』, 눌와, 2017, 96~97쪽. 한편 건축가 김수근은 미술사학자 혜곡 최순우를 그리는 글에서 이렇게 쓰고 있다. "선생은 아름다운 것을 평생 추구하시고 그것도 기름진 것이 아니고 우리 한국적인 미를 늘 생각하시고, 정리하시고, 행동하셨다. 또 자주 '안목'이란 말씀을 쓰시면서 '우리 선조들은 안목이 높았는데 요즘 현대 사람은 안목이 없어.' 하는 것이었다. 또 '요즘 박사학위를 따는 사람은 많은데 안목을 가진 사람은 별로 없어.' 하며 걱정하셨다. 김수근, 「최순우 선생의 두 눈」, 『그가 있었기에―최순우를 그리면서』, 혜곡최순우기념관 엮음, 진인진, 2017, 110쪽.

의 눈에 자신이 없어 발 디디길 주저하거나 아예 관심 밖인 강역이 존재하는데 이른바 고서라 불리는 책들의 영토다. 고서는 그 겉모습만 보면 헌책이라는 말에 더할 나위 없이 들어맞는 책이겠지만 그것을 일반적인 헌책들과 뭉뚱그리면 대단히 곤란하다. 어디서 생겨난 기준인지 불분명하기는 하지만 적어도 우리나라에서는 고서라 하면 한국전쟁 이전에 나온 책들을 가리키는 말로 성글게나마 자리 잡은 듯하다. 여기서 고서라는 말에는 전쟁 통에도 살아남은 희귀한 책들이라는 의미가 녹아들어 있음이 분명하다. 일반적으로 고서는 전근대의 필사본이나 목판본, 활자본을 말한다. 무엇보다도 그것은 근현대에 기계로 찍어낸 인쇄본과는 전혀 다른 차원에서 탄생한 책들이다. 동아시아 문화권에서 그러한 책들은 태반이 한문으로 쓰인바 이제는 라틴어와 같이 사어(死語)가 되어버린 그 언어로 쓰인 글을 오늘날 우리가 사용하는 한국어처럼 읽고 해석할 수 있는 사람이 아니라면 아무리 진귀한 고서가 우연히 눈앞에 나타난다 한들—이제는 그럴 일도 거의 없겠지만—그 가치를 알아볼 리 만무하다.

물론 진귀한 고서를 알아보는 데에는 과거의 언어뿐만 아니라 역사와 문화에 대한 광범위한 이

해가 필요하다. 고서를 보는 눈 또한 바로 거기에서 생겨난다. 실제로 우리에게 잘 알려진 전근대의 진귀한 고서들은 이러한 안목을 가진 몇몇 발군의 학자들 덕분에 발굴되고 보존되고 계승되었다. 나는 요즈음 깊은 밤이면 가끔 시간을 내어 국문학자 이병기의 『가람일기』*를 찬찬히 읽고 있는데, 가람의

* 모두 두 권으로 신구문화사에서 1976년에 출간되었다. 무선의 문고본임에도 제본을 얼마나 튼튼히 했는지 본문의 중간 부분을 읽느라 책장을 다소 과하게 펼쳐도 책등이 갈라지지 않으며, 심지어 가름끈까지 달려 있다. 가람의 일기는 2019년 전북대학교출판문화원에서 『가람 이병기 전집』의 일부로 다시 출간되었다. 한편 『가람일기』의 엮은이 중 한 명인 국문학자 정병욱(1922~1982)의 이름을 기억해두었으면 한다. 그가 없었더라면 윤동주의 유고 시집 『하늘과 바람과 별과 시』는 끝내 세상에 나오지 못했을 것이기 때문이다. 연희전문학교에서 윤동주와 같이 공부한 그는 학도병으로 징집되자 소중히 간직하고 있던 윤동주의 육필 시고(詩稿)를 꼭 지켜달라며 본가의 어머니에게 맡겼고 해방 뒤 무사히 돌아온 그 앞에 그의 어머니는 집 안 깊숙이 "'명주 보자기를 겹겹이 싸서 간직해두었던'"(김윤식, 『청춘의 감각, 조국의 사상』, 솔, 1999, 85쪽) 원고를 내놓았다. 그것을 정병욱이 윤동주의 연희전문학교 동기들과 함께 펴냈으니 바로 『하늘과 바람과 별과 시』 (정음사, 1948)다. 시집의 서문은 시인 정지용이 썼다. 윤동주는 생전에 손수 자선 시집 세 부를 만들어 스승인 이

기록을 살펴보면서 1930~1950년대까지만 해도 조선시대의 문학, 역사 관계 고전들과 이름난 문인들의 서화, 예컨대 추사 김정희의 글씨 같은 보물들을 서울 내 곳곳의 고서점을 비롯하여 몇몇 수집가들 사이에서 심심치 않게 구경하고 빌리고 매매할 수 있었다는 것을 알게 되었다.[**] 한편 이 무렵에는 이태준, 정지용, 박태원 등 우리 문학사의 별 같은 존재들이 문학의 첨단을 걷고 있었다. 그리고 그들이 당시에 펴낸 『무서록』, 『정지용시집』, 『소설가 구보씨의 일일』 등은 오늘날 값진 고서라 하면 떠오르는 대표적인 책들이 되었다.

양하, 후배인 정병욱에게 선물하고 한 부는 자신이 가졌다. 윤동주 본인과 이양하가 가지고 있던 것은 일실되었고 정병욱이 지켜낸 것만 살아남아 "별을 노래하는 마음으로/모든 죽어가는 것을 사랑"(「서시」)하려 했던 아름다운 청년 시인의 존재를 비로소 우리에게 알렸다. 정병욱의 호 '백영(白影)'은 윤동주의 시 「흰 그림자」에서 따온 것이다. (백영의 『국문학산고』와 『시조문학사전』은 각별히 아끼는 나의 장서들이다.)

[**] 다음과 같은 기록들이 적잖이 남아 있다. "(1920년) 10/15(금) 맑다. 진고개서 추사(秋史) 글씨를 30전에 샀다." 이병기, 『가람일기』 1(신구문고 35), 정병욱·최승범 편, 신구문화사, 1976, 125쪽.

전근대의 진적(珍籍)들과 현대의 고서들은 이제 대부분 박물관이나 도서관의 수장고, 귀중본 보관실, 개인 소장가의 서재 혹은 국외의 비슷한 장소들에 들어가 있다. 시중에 일부 남아 있는 그러한 책들은 주로 경매를 통해 거래된다. 그러니까 동네 헌책방에서는 거의 구경할 일이 없다. 세상이 급격하게 변하면서 자연스레 그렇게 된 것이다. 헌책방이라고 불리는 곳들은 아직 그럭저럭 남아 있어도 전통적 의미의 고서점은 깡그리 사라지고 없는 현실에는 이러한 배경이 있다. 아쉽고 안타까운 일이다.

숨어있는책

그 친구들을 만난 것은 막 21세기가 시작된 무렵이었다.

군복무를 마친 나는 허랑방탕했던 지난날을 참회하는 마음으로 학업에 열중했다. 입대 직전 학기에 한 과목을 빼고 모조리 F 학점을 받았던—한 과목은 C—나는 복학한 학기에 한 과목을 빼고 모조리 A+ 학점을 받았다—한 과목은 A. 엄마는 울었다. 이른바 문학청년이었던 나는 더욱 열심히 공부하는 한편으로 시를 쓰고, 평론 비슷한 글도 써서—기형도론이었다. 아직 제목이 기억난다. '푸른 물의 파토스'. 글을 읽고 장문의 심사평을 써준 사람은 국문학자이자 문학평론가 고(故) 홍정선이었다—학보사 등에서 주는 문학상을 받기도 했다. 그런데 사실은 문제가 하나 있었다. 당시 나는 중국어와 중국학을 가르치는 학과에 적을 두고 있었는데—일단 대학에 들어가는 것이 중요했기에 전공 따위에 대해서는 깊이 고려하지 않은 결과였다—정작 중국어를 한마디도 못 했던 것이다. 대륙의 언어를 배우고 싶은 생각이 전혀 없었던 나는 심각한 위기의식을 느꼈다. 역설적이게도 하고 싶지 않은 공부를 하지 않기 위해 죽어라 공부하지 않을 수 없었다. 나는 돌처럼 단단하기만 한 머리통을 마구 굴렸다. 그러다가 지푸라기라도 잡는 심정으로 편입학 시험을 보았고 다행히 다른 학교—이른바 명문대라 불리는—국어국문학과로 적을 옮기게 되었다. 엄마는 또 울었다.

당시 살던 인천과 서울을 오가는 생활이 시작되었다. 비로소 문학도가 된 나는 행복했다. 원 없이 책을 읽었고 쓰고 싶은 글을 끄적거렸다. 새 학교에서 멀지 않은 곳, 어느 한적한 동네 골목에는 마치 홍상수 감독의 영화에 나올 법한 작고 아늑한 헌책방이 하나 있었다. 1층에는 우리나라 책, 지하에는 주로 외국 책이 있었다. (이 헌책방은 훗날 근처의 낡은 건물 지하로 이전했다. 원래 있던 자리 1층에는 주점 두 곳이 공간을 나눠 영업 중이다.) 지난날 책을 좋아하는 동생과 인천에서 마음먹고 두어 번 찾아왔던 곳이었다. 언제나, 그러니까 매일매일이라도 가고 싶은 헌책방이었다. 한번 들어가면 빈손으로 나올 때가 거의 없었다. 책에 대해 해박하고 눈이 밝은 주인의 안목 덕분이었다. 방문할 때마다 갖고 싶은 책들이 차고 넘쳤다. 수업과 수업 사이의 뜨는 시간에도 나는 그곳으로 종종걸음을 놓았다. 그러다 언제인가 그 헌책방의 이름을 딴 온라인 커뮤니티를—프리챌이라는 포털사이트에 둥지를 틀었던 곳으로 사라진 지 오래되었다—우연히 알게 되었다. 나중에 안 것이지만 그 헌책방을 단골로 드나들던 어느 젊은 애서가가 만든 커뮤니티였다. 나는 1초도 고민하지 않고 바로 그곳에 가입했다.

헌책이라는 사물과 헌책방이라는 공간을 애호하는 사람들이 모여 조곤조곤 소통하는 그 온라인 공간이 나는 정말 좋았다. 항상 가장 흥미진진한 것은 '헌책방 방문기'였다. 그 글들을 읽고서 혼자 서울 시내 헌책방을 어지간히도 찾아다녔다. 커뮤니티에는 헌책에 관한 한 둘째가라면 서러울 마니아들이 적지 않았다. 그들은 절판된 책들의 서지(書誌)는 물론 잘 알려지지 않았지만 그 가치가 높은 책들을 줄줄이 꿰고 있었다. 몇몇은 서평집, 산문집 등 저서를 가진 저자이기도 했다. 헌책도 역시 책이기에 헌책 애호에 앞서는 것은 역시 독서였던바 그들 또한 대부분은 열성적이고 지독한 독서광들이었다.

나는 그 커뮤니티에서 '정모'가 이루어진다는 것을 알고 있었다. 더불어 '번개'는 더 자주 친다는 것도. 서울은 나의 고향이었지만 유년 시절부터 인천에서 쭉 성장한 나에게는 심리적으로 낯선 타지나 마찬가지였다. 새로 다니게 된 학교에서도 어디를 가든 위화감을 느끼지 않을 때가 없었다. 심지어는 인파에 섞여 길을 걸을 때조차도. 인천의 도심에서 멀리 떨어진 변두리 동네에 살았던 나는 학교를 오갈 때면 늘 정서적 차원 이동을 하는 듯한 기분이었다. 그 무렵부터 나는 혼자 다녔고, 혼자 밥을 먹었고, 혼자 도서관 개가 열람실에 앉아 시간을 보내고는 했다. 짐작하건대 다른 학생들 눈에 나는 100퍼센트 왕따였을 것이다. 그러나 상관없었다. 나는 내가 문학을 공부하는 학생이라는 사실만으로도 행복에 겨웠다.

헌책 애호가들의 온라인 공간에 나는 가끔 글을 써서 올렸다. 물론 좋아하는 작가들과 책에 대한 이야기였을 것이다. 분주히 활동하는 사람들의 닉네임이 슬슬 눈에 익었고 온라인상에서 나는 그들과 자주 소통하게 되었다. 그리고 오래 지나지 않아 그들과 만났다. 어느 날 한껏 용기를 내어 정모인지 번개에 나갔던 것이다(안타깝게도 첫 만남의 구체적인 풍경은 기억나지 않지만).

그 뒤로 나는 자주 그들과 만나서 놀았다. 정모나 번개에 나오는 것은 대부분 서로 나이 차가 얼마 나지 않는 이삼십대 젊은이들이었다. 미리 방문하기로 정한 헌책방 한두 군데에 들렀다가 근방의 적당한 식당에 들어가 술을 나눠 마시며 두런두런 책에 대한 이야기를 나누는 것이 만나서 하는 일의 전부였다. 각자 그날 건진 책들에 대한 자랑도 빠질 수 없었다. 그렇게 놀다 보면 시간 가는 줄 몰랐다. 나는 그들과 가까워졌고 그들을 좋아하게 되었으며 그중 몇몇과는 서로 친구라 불러도 전혀 어색하지 않은 사이가 되었다. 친구들은 대부분 사회생활을 하고 있었다. 돌아보건대 그들에게 헌책방 동호회 는 직장 생활 스트레스 해소의 한 방편이기도 했을 것이다. 친구란 워낙 그런 사이이듯 우리는 굳이 헌 책방에 가지 않더라도, 그러니까 별 까닭 없이도 같 이 밥을 먹거나 술을 마시려 만나고는 했다. 때로는 놀다가 막차마저 보내버렸다. 누군가의 집이나 방 은 그날 밤의 아지트가 되었다. 어떤 아지트든 그곳 에는 책이 가득했다. 수많은 책들에 둘러싸여 우리 는 옹기종기 둘러앉아 술잔을 기울여가며 시와 소 설과 문학과 사랑과 인생과 미래에 대해 되는대로 떠들어댔다. 그러니까 그것은 꿈, 꿈같은 시간들이 었다.

　　해마다 시월이 저물 무렵이면 떠오르는 일. 졸 업을 앞둔 해였을 것이다. 우리는 하필 시월의 마지 막 날 저녁에 만났다. 신촌에서 실컷 책 구경을 하 고는 너 나 없이 다들 빠르게 취했다. 누가 먼저랄

것도 없이 홍대 쪽으로 걷기 시작했다. 서로 어깨를 겯고 팔짱을 끼기도 했다. 홍대 앞에 헌책방 온고당이 있던 시절이었다. 누군가—아마도 나였을까—선창을 했다. 지금도 기억하고 있어요. 시월의 마지막 밤을. 나머지가 이어 불렀다. 뜻 모를 이야기만 남긴 채 우리는 헤어졌지요. 지나가는 사람들이 우리를 보고 웃었다. 우리는 너무 취해서 창피한 줄도 몰랐다. 어쩌면 우리를 취하게 한 것은 술이 아니라 청춘이라는 시간이었는지도. 만추에 홍대 앞을 지날 때면 늘 그날 밤이 떠오른다.

우리가 자주 찾았던 헌책방은 낙성대의 흙서점, 홍제의 대양서점—이곳은 아버지와 아들이 한 동네에서 각각 점포를 운영했다—, 용산의 뿌리서점, 서울대 근처의 책상은책상이다, 한성대 부근의 삼선서림, 외대 앞의 신고서점, 서대문의 어제의책 등이었다. 드물게는 아벨서점이 있는 인천의 배다리 헌책방 골목으로 순례를 떠나기도 했던 것 같다. 홍대 앞의 온고당과 신촌의 공씨책방은 문턱이 닳도록 드나들었을 것이다. 아마도 짐작하는 독자가 있겠지만 역시 우리의 본거지는 헌책방 숨어있는책이었다. 온라인에서는 프리챌 커뮤니티 숨어있는책이었고. 우리는 두 곳 모두 사랑해마지않았다.

어느새 나는 대학을 떠나야 했다—기형도의 시구처럼, 대학을 떠나기가 두려웠다. 서울을 떠나기도. 하지만 그러지 않을 도리가 없었다. 생활인이 되어 스스로 먹고살 궁리를 해야 했다. 나의 숨어있는책 친구들처럼. 짐작하지 못한 것은 아니지만 일은 좀처럼 잘 풀리지 않았다. 더는 서울에 갈 일이 없어지고 나자 친구들과도 자연스레 멀어졌다. 번듯한 직장을 찾아 몇 달간 취업 시장을 헤매다가 나는 길을 잃고 말았다. 하릴없이 동네 도서관에서 희망 없는 나날을 보냈다. 간혹 혼자 지하철을 타고 숨어있는책에 가서 책 구경을 하다가 돌아오고는 했다. 얼마 뒤에 책과 관련 있는 일을 직업으로 삼고 싶지 않았던 나는 그만 수건을 던지는 심정으로 한 출판사에 들어가 책 만드는 사람이 되었다. 그렇게 밥벌이를 시작했다. 한두 번 결혼식장 같은 곳에서 숨책—숨어있는책을 우리는 언제나 이렇게 불렀다—친구들과 잠깐씩 해후하기도 했다. 그러나 그게 다였다. 추억은 우리가 한때 같이 머물렀던 몇몇 장소들에 옛날이야기처럼 아련히 남았을 뿐이다.

그 시절 우리가 종종 놀러 갔던 어떤 친구의 방에는 크기가 다른 종이 박스들이 가득했다. 그 속에 들어 있던 것은 물론 모두 책이었다. 친구가 장난삼아 박스들을 이리저리 붙이고 쌓아 올리면 침대 비슷한 것이 되었다. 근사한 책 침대 위에 누워 친구는 책을 읽었다. 자연스레 떠오르는 책은 폴 오스터의 『달의 궁전』. 삼촌에게서 물려받은 책이 담긴 상자들을 가구로 써먹은 주인공은 이른바 "19세기 미국 문학 위에서" 잠을 청한다.

이 만족감을 한번 생각해 봐. 침대로 기어들어 가 19세기 미국 문학 위에서 꿈을 꾸게 된다는 걸 알았을 때의 만족감을.*

잘들 살고 있는지? 아직도 가끔 헌책방을 찾고 헌책을 읽는지? 어느덧 머리카락이 희끗희끗한 나이가 되어 이제는 어렴풋한 친구들 얼굴이 떠오를 때면 영영 답을 듣지 못할 줄 알면서도 남세스레 물어보곤 한다. 보고 싶어서겠지. 무언가를 같이, 미친 듯 좋아했던 사람들. 슬픔도, 상처도 청춘의 하위 장르였을 뿐인, 짧지만 찬란했던 그들과의 낭만주의 시대.

* 폴 오스터, 『달의 궁전』, 황보석 옮김, 열린책들, 2010, 6~7쪽.

비가 오는 날에도

순례랄까 유람이랄까, 동네방네 헌책방을 뻔질나게 드나들던 시절에는 책을 구하는 일에 온통 정신이 팔려 그랬는지 같은 날 같은 책방에 두어 번씩 가기도 했다. 불과 몇 시간 전에 들렀던 책방 문을 또다시 열고 들어가고는 했던 내 모습을 떠올려보면 아무래도 몰입의 정도가 지나쳤다 싶다. 나는 평소 남의 시선을 어지간히 의식하는 사람이니 말 그대로 헌책이라는 물건에 미쳤기에 벌어졌던 일들이다. 내가 헌책을 헤집고 긁어모으는 데 단단히 붙들린 것을 아는 몇몇 책방 주인들은 도를 넘는 나의 점포 출입을 나중에는 대수롭지 않게 보아 넘겼다.

한낮에 들러 한참 책 구경을 했던 바로 그 헌책방으로 해가 진 뒤 다시 발걸음을 옮긴 까닭은 무엇인가. 그것은 성실하고 부지런했던 헌책방 주인들 때문이었다. 그들이 운영하는 책방에는 볼만하고 귀한 책이 자주 들어왔다. 나는 그런 책방들을 하루가 멀다 하고 드나들었는데 거기에 가면 귀한 책을 구할 수 있으리라는 기대감을 날이면 날마다 가졌기 때문이었다. 그리고 그러한 기대감은 나도 모르는 사이 '날'이 아니라 '시간' 단위로 솟아오르기 시작했다. 그곳에서 나온 지 얼마 되지 않았는데 그사이 또 눈이 번쩍 뜨일 만한 책이 들어오지 않았을까 하는 초조 섞인 기대감이 이성을 짓눌러버리고 나면 나는 어느새 다시 그 책방의 문을 열고 있었던 것이다.

하지만 그것은 생각과 달리 충족되지 못할 때가 많았다. 가뜩이나 머쓱하고 겸연쩍은 마당에 마땅히 집어 들 만한 책도 없으면 그야말로 낭패였다. 그렇다고 차마 빈손으로 나오기는 뭐했으므로 서가를 몇 번이고 뱅글뱅글 돌다가 굳이 사야 할 까닭이 없는 책 한두 권을 골라 값을 치르고 다급히 나온 것이 도대체 몇 번이었던가. 이건 아니야, 이건 아니야, 하며 자제하려고 애를 쓰지 않은 것은 아니었으나 늘 오래가지 못했다. 나는 사람이 헌책방이라는 '장소'에 중독될 수도 있다는 것을 그 무렵 처음 알았다. (이는 지금보다 훨씬 더 젊었을 때의 일이다. 갖고 싶지만 아직 갖지 못한 책을 향한 갈급한 마음은 옛날과 별반 다르지 않지만, 이제 그것은 만성피로에 시달리는 몸뚱이와 먹고사는 일 때문에 늘 부족한 시간의 압박을 이겨내지 못한다. 이러한 현실을 외면하면서까지 헌책을 향한 유난을 떨기에는 육체적으로 그리고 물리적으로 나는 이제 역부족인 것이다.)

가만 생각해보건대 나 같은 인간이 비단 나 하나는 아니었을 것이다. 그 시절 내가 자주 어울려 놀았던 헌책 애호가들 중에는 이른바 '젠틀 매드니스(Gentle Madness)'*가 수두룩했다. 그들 가운데는 같은 날 같은 헌책방에 두어 번 들르는 것 따위 아무렇지 않게 여긴 이도 적지 않았을 것이다. 다만 그런 말을 터놓고 나눌 기회를 만들지 못했을 뿐. 헌책방에서 우연히 만나도 인사는 하는 둥 마는 둥―탐욕스럽게 서가를 훑느라―각자의 관심사를 좇아 금세 돌아서곤 했으니.

헌책방이라는 공간에 중독된 인간들은 좋지 않은 일기(日氣) 또한 대수롭게 여기지 않았다. 헌책방을 운영하는 사람에게 비 오는 날은 대개 개점휴업일이나 다름없고, 며칠씩 강우가 이어지는 장마철은 해를 거르지 않고 찾아오는 비수기다. 우산을 쓰고 옷과 신발을 적셔가면서까지 헌책방을 찾는 이들은 무척 드문 것이다. 그러나 비 오는 날의 헌책방에도 나름의 각별한 운치가 있다. 습기를 가득 머금은 책들에서 뭉근히 피어오르는 종이 냄새에는, 이렇게 말하면 낯간지럽기는 해도, 낭만이 배

---

* 책에 곱게 미친 사람들. 니컬러스 A. 배스베인스가 쓴 책의 제목이다. 표정훈·김연수·박중서가 우리말로 옮겼다. 『젠틀 매드니스』, 뜨인돌, 2006. (벽돌책이다.)

어 있다. 지난날 종종 만나며 우애를 다진 우리 헌책 애호가들은 비 오는 날에도 서로를, 그리고 책을 보고 싶어 했다. 두어 군데 헌책방을 순례하고 나면 으레 허름한 주점에 기어들어 오순도순 둘러앉아서 그날 구한 책들을 비롯해 책에 관한 이야기를 풀어놓느라 시간을 잊었다. 그러다가 한 손에는 우산, 한 손에는 그날 구한 책 꾸러미를 들고 발그레한 얼굴로 웃으며 못내 헤어졌으니, 헌책에 단단히 미친 인간들에게 궂은 날씨 따위는 아무것도 아니었던 것이다.

몇 해 전, 어느 날 저녁 나는 혼자서 단골로 드나드는 헌책방의 서가 사이를 횡보하고 있었다. 밖에는 비가 제법 내렸다. 그래서일까, 손님이라고는 나 하나뿐이었다. 구스타프 말러의 귀에 익은 교향곡 선율이 흘러나올 뿐 책방 안은 적요로웠다. 특별히 찾는 책이—내 머릿속에는 그런 책들의 목록이 저장되어 있다—있어서 들른 것은 물론 아니었고 비도 오고 하니 얼마간 시간을 죽이며 오래된 종이 냄새나 맡자는 심산이었다. 분야별로 나누어진 서가를 몇 번이고 돌며 믹스커피를 홀짝이고 있던 차, 그 적막한 시공간에 균열이 생기는 장면을 목격했다.

느닷없이 웬 작달막한 체구의 사내가 계절에

어울리지 않게 머리에는 털모자를 눌러쓰고 시커먼 운동복 차림으로 헐레벌떡 책방에 들이닥쳤던 것이다. 우산도 없었는지 머리끝부터 비에 쫄딱 젖어 있었다. 그는 출입문을 마주하는 좁다란 서가—거기에는 주로 출간된 지 얼마 안 된 인문서와 학술서가 꽂혀 있다—에 바짝 붙어 서서 책들을 살펴보기 시작했다. 그 사내의 갑작스러운 출현에 나는 자못 놀랐으나 책방 주인은 그를 힐끗 보더니 예사로운 말투로 오셨어요, 할 뿐이었다. 언제나 무뚝뚝한 주인이 나름대로 살갑게 인사를 건네는 모양으로 보아 단골은 단골인 듯한데—그곳에 들를 때면 그는 또 다른 단골인 내게도 왔어요, 할 뿐이다—퍽 별난 사람이다 싶었다. 그는 비에 젖은 생쥐 같은 꼴로 털모자도 벗지 않은 채 서가를 훑어보다가 몇 권의 책을 후다닥 뽑아 들고는 재빨리 책값을 계산하고 마치 누군가에게 쫓기기라도 하는 사람처럼 홀연 사라져버렸다. 채 5분도 머무르지 않은 듯했다. 호기심이 일어서 나는 책을 보는 척하며 틈틈이 그를 곁눈질하고 있었다. 그가 고른 책들의 제목은 미처 확인하지 못했으나 한순간 그의 얼굴만큼은 똑똑히 보고야 말았다. 정확히 1994년, 소년 시절부터 흠모해온 작가를 비가 내리는 날 헌책방에서 그런 식으로 대면하게—엄밀하게는 목격한 것이지만—되리라고는 정말이지 꿈에도 생각지 못했다.

책을 팔겠다고 결심한 순간에는, 내 인생에 새로운 전기(電氣? 轉機?)가 오는 것처럼 짜릿했다. 그런데, 막상 팔고 보니 유다(배신자)가 된 느낌, 마치, 살인자가 된 느낌이다. 그것을 잊기 위해 신촌으로 달려가서 재즈 CD 네 장과 삼겹살 한 근, 소주 한 병을 사온다. 고기를 구워 술을 마시며, 정현종 선생의 시 「빈 방」을 생각한다. 확실히……방이……좀……더…… 넓어졌다.

1994년에 출간된 자신의 책에 그는 이렇게 써 놓았다. 어쩌면 그가 헌책방에 내다 팔아버린 책들 가운데 한두 권쯤 사연 모른 채 내가 사 들고 온 적이 있었을지도 모를 일. 그러거나 그날 이후 두 번 다시 헌책방에서 그를 마주치지 못했다. 다만 근래에 그가 어느 젊은 문학평론가와 함께 쓴 책을 읽다가 마치 폭우 속을 헤매다 온 것 같았던 예전 그날 그의 행색을 떠올리고는 고개를 주억거리며 짐작하게 된 바 있었으니 그가 쓴 다음과 같은 문장들을 맞닥뜨렸기 때문이다.

자정에 맞추어 쏟아지기 시작한 빗소리를 들으며 책상 앞에 앉았습니다. 그러기 전에 슈퍼에 갔다 왔고요. 비를 맞으며 집 앞의 슈퍼에서 막걸리 두 병을 사오는 것만큼 행복한 일은 없습니다.

나는 "슈퍼"를 '헌책방'으로, "막걸리 두 병"을 '헌책 두 권'으로 바꾸어 읽었다. 그런다 한들 그리 이상할 게 없어 보였다. 하염없이 비 내리는 저녁, 문 닫을 시간이 가까워오는 헌책방에서 물기를 가득 머금은 옛 책들의 냄새를 맡으며 시간을 흘려보낼 때면, 비에 쫄딱 젖은 사나운 몰골의 어떤 사내가 눈빛만은 형형하기 그지없는 얼굴로 느닷없이 나타났다가 몇 권의 책을 옆구리에 끼고 거짓말처럼 사라져버릴 것만 같다.

그 사내의 이름은 장정일이라고 한다.*

---

* 여기에서 끌어다 쓴 글들의 출처는 순서대로 다음과 같다. 장정일, 『장정일의 독서일기』, 범우사, 1994, 185쪽. 장정일·한영인, 『이 편지는 제주도로 가는데, 저는 못 가는군요』, 안온북스, 2022, 49쪽.

내다 팔기

변변찮은 내 소유의 동산(動産)에서 내가 가장 소중하게 여기는 것은 물론 나의 장서다. 장서라 하면 그럴싸하다 싶지만 그 수준이나 수량 모두 어디다 대고 전혀 자랑할 만한 것이 못 된다. 그 가운데는 오래된 책, 보기 드문 책이 아예 없는 것은 아니지만 대부분은 그저 나 혼자 좋아하고 아끼는 책들일 뿐이다. 밥벌이를 시작하고 나서부터 되는대로 한 권 한 권 사 모은 것들이지만 사실 장기간 지니고 있는 책들은 그리 많지도 않다. 대다수 책들이 나의 서재를 수시로 드나들었다는 뜻이다.

수없이 많은 책을 사서 집 안에 들여놓은 나는 들여온 것만큼은 아닐 테지만 또한 상당히 많은 책을 집 밖으로 들어냈다. 이삿짐을 줄이려고—단언 컨대 이삿짐을 나르는 사람들은 책을 증오한다—, 비좁은 집이 책의 포화 상태를 극사실주의적으로 전시할 때, 그리고 책이라는 물건에 염증과 회의가 생길—모든 궁핍한 애서가들이 잊을 만하면 겪는 증상이리라 생각한다. 저따위 책들이 다 무슨 소용 인가! 저것들을 끌어안고 있느라 이때토록 가난뱅이 신세를 면치 못하는 게 아닌가!—때마다 헌책방 이나 온라인 중고서점에 책을 무더기로 가차 없이 팔아버렸다(목돈을 좀 마련하느라고 팔기도 했는데 그

이야기는 조금 뒤에 하겠다).

그런데 팔면 팔았지 책을 내다 버린 적은 거의 없다. 내 손에서는 떠날지언정 그럼에도 그것은 여전히 책이지 재활용 쓰레기가 아니라고 생각했기 때문이다. 물론 책을 버리는 모든 사람이 그것을 종이 뭉치로 여긴다는 말은 아니다. 사람들이 책을 증여하거나 판매하지 않고 굳이 폐기하는 데에도 나름대로 그럴 만한 이유가 있을 것이다. 부지런히 책 버리기를 실천하는 어떤 이들의 당당한 고백은 때때로 멋지기까지 하며 나 같은 좀생이의 부러움을 자아낸다. 이를테면 이러한 것인즉.

책을 읽는 방법이 천차만별이듯 버리는 일도 그럴 것인데, 내가 가장 애용하는 방법은 외출을 할 때 버릴 책을 미리 준비했다가 아무 공중전화 박스의 전화기 위에 올려놓는 것이다.[*]

나도 책을 사면 '내 거'라는 표시를 한다. 잉크 냄새도 가시지 않은 새 책에 언제, 왜 샀는지를 적고

---

[*] 장정일, 『빌린 책, 산 책, 버린 책: 장정일의 독서일기, 여덟 번째』, 마티, 2010, 10~11쪽.

장서인을 찍으면 기분이 좋다. 이 맛에 책을 산다고 할 만큼 즐겼다. 그리고 충분히 교감했으면 버린다. 깨끗한 책만 따로 묶어 헌책방에 팔아도 봤지만 지금은 그냥 버린다. 팔기가 싫어졌다. 왠지 멋지게 헤어지는 법이 아니라는 생각이 들었다. 삶이 유한하기에 소중하듯 책도 그러기를 바란다. 절판된 책은 어디에서든 구할 수 없기를 바란다. 그래서 버린다. 안락사이다. 그리고 깨달았다. 역시 헤어질 때가 절실하구나. 마지막으로 책의 메시지를 곱씹으며 나의 다짐을 말한다. 안녕, 잘 가 따위의 진부한 인사는 하지 않는다.*

특별한 계기가 생기지 않는 한 나는 앞으로도 책을 버리지 않을 텐데, 책을 버리는 일에 대해서도 왈가왈부하는 일은 없을 것이다. 버리든 말든 그것은 오로지 책 주인 마음이다. (버리는 책은 없어도 버려진 책을 주워 온 적은 몇 번 있다. 근래에 재활용 쓰레기를 버리러 갔다가 아파트 쓰레기장 한구석에 노끈으

---

* 심우진, 「디자이너가 중얼거린 책대책대책」, 금정연 외, 『책에 대한 책에 대한 책』, 출판공동체 편않, 2023, 148~149쪽.

로 묶인 채 쌓여 있는 책 무더기를 목격한바 중학교 때 잘사는 친구 집에 놀러 갔다가 보았던 '제3세대 한국문학'(전 24권, 삼성출판사)이었다. 이러한 유의 책들이 맞이하는 운명이 대개 그러하듯 표지에—모두 덧싸개는 씌워져 있지 않았다—먼지만 앉았을 뿐 들춰본 흔적조차 거의 없었다. 나는 그 책들을 통째로 집에 들고 와 살균수를 뿌려가며 일일이 닦고 나서 마침 허전해 보이던 맞춤 옷장 위에 좌르르 진열해두었다. 금박으로 처리된 작가들의 이름이 반짝반짝 빛나는 이 고색창연한 책들은 그러나 이번에도 제 불행한 운명에서—장식용이라는—벗어나지 못한 채, 옷장 위에 올라가 창밖 풍경을 내다보기를 좋아하는 우리 집 고양이 이브의 페로몬 테러에 날마다 시달리고 있다. 그리고 몇 달쯤 전에는 아내와 동네 산책을 하다가 어느 빌라 앞에 역시 노끈으로 묶인 채 버려져 있는 책들을 보게 되었다. 역시 그냥 지나치지 못하고 쭈그리고 앉아서 살펴보다가 시인 최승자가 옮긴 앨프리드 앨버레즈의 『자살의 연구』*와 몇 권

* 『The Savage God: A Study of Suicide』. "1980년대 초 비평가 알바레즈가 쓴 『자살의 연구』라는 책을 통해 나는 실비아 플라스라는 시인을 알았다. 그때까지 덜 알려졌던 이 여성 시인의 시집을 내가 경영하던 출판사에서 처음으로 번역해 소개했다." 장석주, 「실비아 플라스와 가스오

의 인문 교양서를 빼 들고 집으로 가져왔다.)

짐을 줄이기 위해서든, 가내 공간 확보를 위해서든, 느닷없이 도지곤 하는 이른바 '책 싫어증' 때문이든 여하간 나는 아주 많은 책을 내다 팔았다. 지난날 나는 몇 년간 작은 사업을 했는데 그 준비 과정에서 얼마간 돈이 필요해 책을 팔기도 했다. 한 온라인 중고서점의 중고 책 매매 시스템을 이용하여 모르는 사람들에게 나의 장서를 팔았다. 편리하다는 이유로 처음에는 온라인 중고서점에다 팔았지만 가만 보니 이곳에서 책을 사들이며 쳐주는 가격은 화가 날 만큼 보잘것없었다. 그 장삿속에 치가 떨려 다소 번거롭기는 했어도 서점에는 수수료만 내고 개인들에게 직접 책을 팔기 시작했다(상호도 있었는데 그것은 비밀이다). 어차피 생업은 아니었으므로 목표는 책을 최대한 빨리 파는 것이었다. 그래서 나는 항상 매물로 내놓는 책의 값을 동일 상품 최저가로 매겼다. 그렇게 팔아도 서점의 매입가보다는 더 많이 받을 수 있었던 것이다.

그 무렵 나는 셋집이긴 했어도 퍽 넓은 집에

<hr>

른」, 『예술가와 사물들』, 교유서가, 2020, 78쪽. 시인 장석주가 경영했던 훌륭한 출판사는 '청하'다.

살았다. 돌아보면 공간 걱정 없이 얼마든 책을 사들였어도 될 만했으나 오히려 그 집에 살 때 장서의 양이 가장 적었다. 사업 자금에 한 푼이라도 더 보태려고 언젠가는 읽을 거라 여기며 부지런히 사들여서 책장에 차곡차곡 꽂아두었던 인문서와 예술서 등 값나가는 책들을 비롯하여 상당수의 책을 싼 값에 속전속결로 처분하고 나자 한때는 바라보기만 해도 뿌듯했던 나의 서가는 대단히 초라해지고 말았다. 그곳에 자리하고 있었던 책들은 대부분 내가 새것으로 처음 산 것들이었다. 나는 책들을 정성을 다해 깨끗하게 간수했다. 말하자면 '최상급'이었다. 최저가로 팔다 보니 주문은 거의 매일 들어왔다. 당시 책을 팔 만큼 팔고 손에 쥔 돈이 500만 원쯤 되었다. 책을 판매한 가격은 아무리 높게 잡아도 정가의 30퍼센트 안팎이었을 테니 처분한 책들의 정가를 합치면 꽤 큰 금액이었지 싶다. (책을 내다 팔아 모은 돈까지 투입된 사업은—혹시 그 때문이었는지— 슬프게도 몰락 일로를 걸었다.)

그 뒤로 개인에게 책을 파는 일은 그만두었다. 책을 파느라 이용했던 온라인 서점 계정도 없애버렸다. 그때 책을 그렇게 많이 처분했는데 다시 작은 집에 살고 있는 지금 서재는 미어터질 지경이다. 다행이라면 다행이랄까. 요즘에 나는 읽어보고 싶은 신간이 눈에 띄면 대부분 도서관에 희망 도서로 신청한다. 구입하는 책들은 대부분 헌책으로, 헌책방에서도 도서관에서 빌려 읽을 수 있다면 단지 값이 싸다는 이유만으로 사 오는 책은 거의 없다. 반드시 소장하지 않으면 안 될 만한 가치가 있다고 판단한 책이라면 모를까, 무엇보다도 집에서 책을 보기 좋게 놓아둘 만한 공간을 더는 찾기가 어렵기 때문에 있어도 그만 없어도 그만인 책들은 어지간해서는 들이지 않는다.

온라인 중고서점이 생기기 전에는 책을 팔려면 무조건 헌책방에 직접 가야 했다(장서 전체를 정리하는 등 내놓는 책이 대량일 경우에는 헌책방에서 방문 매입을 하기도 한다). 나는 팔 책들이 미어터지도록 담긴 큼직한 배낭을 짊어지고 갔다. 가끔 책이 너무 많으면 종이 박스 여러 개에 나눠 담은 뒤 승용차에 싣고 가기도 했다. 주인을 불러 같이 박스를 내리고 나면 한 권 한 권 검수가 시작된다. 주인이 책을 살펴보는 동안 나는 보통 그 옆에 쭈그리고 앉아서 이제 내 소유가 아니게 될 책들을 흘끗거리며 뻐끔뻐끔 담배나 피울 뿐이다. 상태에 따른 것인지, 매입가 기준인지, 분야별 분류인지 주인은 노련한 손길로 한때 나의 것이었던 책들을 이리저리 척척 나누어 쌓는다. 소설은 정말 안 팔려. 혼잣말 같기도 한, 책을 팔러 올 때마다 듣는 소리. 그러게 팔리지도 않는 소설을 뭐 한다고 그리도 많이 사들였는지. 나는 그만 진저리가 나서 고개를 절레절레 흔든다. 책 무더기 속에는 과거 그의 장서였던 책들도 적지 않다.* 책은 돌고 돈다. 물끄러미 그의 표정을 보다가 열없어져 네네, 이곳에서 산 책들도 많습니다, 해도 주인은 묵묵히 고개만 끄덕일 뿐이다. 그래도 언제나 책값은 잘 쳐주는 편이다. (폴 오스터의 소설 『달의 궁전』에는 주인공이 헌책방에 책을 가져다 파는 장면이 나온다. 처음에는 여러 권을 가져가는데 인정사정없는 주인은 '다 해서 얼마' 하는 식으로 책값을 후려친다. 그 뒤로 꾀를 내어 한두 권씩만 가져가니 평균 매입가가 올라간다. 이는 사실 여느 헌책방에서 흔히 볼 수 있는 광경이다. 적어도 이 헌책방 주인은 책들

---

* "당신이 돈을 내고 자신의 물건으로 만들기 전까지 헌책방 책장에 진열된 책은 모두 헌책방 주인의 재산이자 소유물이다. 주인의 장서라고도 할 수 있다. 헌책방 주인이 다가가기 힘든 언짢은 얼굴을 하고 있는 데는 다 이유가 있다." 가쿠타 미쓰요·오카자키 다케시, 『아주 오래된 서점』, 이지수 옮김, 문학동네, 2017, 12~13쪽.

을 대충 훑어본 뒤 '다 해서 얼마' 하는 식으로 매입가를 제시한 적이 한 번도 없다.) 지갑에서 현금을 꺼내 빠르게 세고는 고맙다는 말과 함께 건넨다. 지폐를 주머니 속에 구겨 넣고 돌아설 때의 심사는 매번 말로 표현하기가 진정 어렵다. 어느 날에는 책을 팔고 돌아와 짧은 일기를 썼다.

　며칠 전부터 방 한구석에 쌓아놓은 책들을 헌책방에 가져다 팔았다. 책을 모두 살펴본 헌책방 주인장은 소설은 안 나간다며 책값으로 6만 원을 쳐주었다. 왜 책을 파느냐고 묻는 주인장에게 집이 좁아터져서 몇 년이 지나도록 읽지 않은 책들을 가져왔다고 심드렁하게 대답했다. 책 판 돈으로 막걸리, 소주, 맥주 몇 병과 안주로 김치만두를 사고도 지갑엔 4만 원이 넘게 남아 있었다. 초저녁부터 일찌감치 취했다.

　젊은 시절 헌책방에서 일한 적이 있는 장정일의 독서일기에는 그 경험 때문인지 헌책과 헌책방 이야기가 적잖이 등장한다.* 어느 날 책을 판 일을

* "내가 스물한 살 때 점원으로 일했던 문흥서림은, 좋은 책

그려놓은 일화가 재미나다. 그의 첫 번째 독서일기에 나오는데 날짜를 보니 7월 한여름이다. 어느 날 자신이 평론을 쓸 수 없으리라 깨달은 그는 독한 마음을 먹고 한국 소설 120여 권을 처분하기로 한다. "손님들이 집에서 담배를 피우고 가면, 담배 연기가 눌어붙었다고 크리넥스로 (…) 모두 닦는 정도로 애지중지했"*던 책들이다. 저자들에게 증정받은 책은 서명이 되어 있는 페이지를 일일이 찢어낸다. 그는 아내—소설가 신이현. 훗날 두 사람은 이혼한다—더러 집 앞 헌책방 주인을 부르라 하고는 안방에 숨어 두 사람이 나누는 대화를 엿듣는다.

나온 게 뭐 없느냐고 교수들이 와서, 주인에게 굽신거렸던 서점. (…) 내가 그 서점에서 일하게 된 지 며칠 만에 주인의 요청으로 내 어머니가 인사를 드리러 왔고 그는 '여기서 착실히 일을 배우게 한 뒤에, 가게를 내어주면 좋지 않겠느냐'고 권했는데, 내가 그 서점에서 책만 너무 많이 읽지 않았다면, 그래서 주인으로부터 '자네는 일은 잘하는데, 책을 너무 많이 봐'라는 말을 듣고 쫓겨나지만 않았다면 나는 지금쯤 통문관과 문흥서림을 잇는 고서 감정의 법통을 이어받았을 텐데!" 장정일, 『장정일의 독서일기』, 185~187쪽.

* 같은 책, 183~185쪽.

이 출판사는 잡지나 내지, 팔리지도 않는 소설책은 왜 내는지 모르겠다.(주인이 가고 나서 물어보니, 문학과지성사!)*

언제 읽어도 빙긋 웃게 되는 대목이다. 소설은 예나 지금이나 더럽게 안 팔리는 책인가? 그러거나 책을 팔고 손에 쥔 돈으로 즉각 실천하기에 바람직한 일 두 가지가 있는데, 하나는 다른 책을 사는 것이요, 다른 하나는 술을 사 마시는 것이다. 물론 순서대로 둘 다 하면 가장 좋다. 팔아버린 책들은 그래야 잊는 법이다.

조선 최고의 책벌레 박제가가 굶주림에 시달리다—반와(泮蛙)들은 왜 다들 배를 곯는가—『맹자』를 팔아서 밥을 해 먹고 유득공에게 달려갔다. 사연을 듣더니 역시 굶주렸던 유득공은 『좌씨전』을 팔아 그에게 술을 사주었다. 아마도 둘은 그날 대취했을 것이다. 그 뒤에 박제가가 남겨놓은 글은 아아, 참말로, 서글프다.

그제야 나는 알게 되었다오. 책을 읽어 부귀를

* 같은 곳.

구하는 것은 모두가 요행을 바라는 술책이니, 당장 책을 팔아서 한 번만이라도 실컷 취하고 맘껏 먹고 싶은 것이 솔직한 심정이지 가식으로 꾸미는 거짓이 아니라는 것을 말이오. 아아, 그대는 어떻게 생각하시오?[*]

[*]　이덕무, 『책에 미친 바보』, 권정원 옮김, 태학사, 2022, 317쪽.

이름들

나에게는 저자 혹은 역자가 자신의 이름을 앞 면지나 표제지에 손수 적어 누군가에게 증정한 책들이 있다. 일일이 세어보지는 않았지만 그 수가 적지 않을 것이다. 나는 이러한 책들을 모조리 헌책방에서 발견했다. 불과 며칠 전에도 단골로 드나드는 어느 헌책방에 들렀다가 황현산*이 서명하여 모인(某人)—그 이름이 퍽 알려진—에게 증정한—2015년 추석 무렵에—책 한 권을 사가지고 왔다. 책 더미 꼭대기에 놓여 있길래 무심코 집어 들어 표지를 넘겨본 그 책은 샤를 피에르 보들레르의 산문시집 『파리의 우울』**이었다.

책에 글쓴이나 옮긴이의 서명이 되어 있는지 알 수 있는 방법은 책의 표지를 넘겨 보는 것 말고는 없다. 내가 헌책방에서 심심치 않게 발견하여 사들인 이른바 서명본—어떤 우리말 사전에도 '서명

---

* 우리 시대를 대표하는 불문학자, 문학평론가, 번역가였으며 노년에는 『밤이 선생이다』와 같은 웅숭깊은 산문집을 통해 평소 문학을 읽지 않는 다수의 젊은 독자들에게까지 열렬히 사랑받았다. 이제 그의 새로운 글을 읽을 수 없다는 사실은 서글프기 짝이 없다.

** 문학동네, 2015. 『파리의 우울』 한국어판은 1959년 정문사에서 처음 출간되었다. 우리말로 옮긴 사람은 철학자 박이문이다.

본'이라는 말은 표제어로 올라 있지 않다—은 모두 그렇게 한 권 한 권 헌책방의 책장에서 꺼내거나 바닥에 쌓여 있는 책들 사이에서 빼내 표지를 펼쳐본 책들이다. 말인즉슨 그것들은 모두 우연히 발견했다는 뜻이다. 이러한 책들은 온라인 중고서점에서도 어렵지 않게 볼 수 있다. 서명본 혹은 사인본이라는 상품 설명 아래 붙은 책값에는 초판본이 대개 그러하듯이 얼마간의 프리미엄이 붙어 있다. 이름난 저자의 보기 드문 책이라면 덧붙는 액수 또한 크다. 비록 나는 온라인 중고서점에서 서명본을 구입한 적이 한 차례도 없지만—정말 갖고 싶은 서명본들은 적어도 나에게는 너무 비싸기 때문에—그러한 책이 보통의 책들보다 높은 가격으로 거래되는 일에는 그러려니 하는 편이다. 웃돈을 주고서라도 사려는 사람들이 있어서 그런 것일 테니. 그리고 여하간 서명본이란 특별한 책이 아닌가.

　　여기까지 쓰고 나서 한집에 사는 사람에게 읽어주었더니 그가 대번에 서명본 같은 책들은 도대체 왜 모으는 것이냐고 물었다. 글쎄, 하다가 나는 그가 그림책을 만들고 쓰는 편집자이자 작가라는 사실을 새삼 떠올리고는 이렇게 말했다. 상상을 한번 해보자. 당신은 바람을 쐬면서 동네 산책을 하고 있어. 어느 골목에 접어들었는데 거짓말처럼 못 보던 헌책방이 하나 나타났네. 그냥 지나칠 수 없어서 안으로 들어갔지. 띄엄띄엄 책 구경을 하다가 당신이 좋아하는 어떤 그림책이 눈에 띄어서 집어 들고 천천히 표지를 넘겼어. 거기에는 누군가 펜글씨를 적어놓았지. 눈을 가까이 대고 보니 그것은 존 버닝햄과 앤서니 브라운*의 이름이었어. 버닝햄이 브라운에게 증정한 서명본이었지. 자, 그렇다면 당신은 그 책을 갖고 싶겠어, 안 갖고 싶겠어? 우아, 대박이겠네, 하며 그는 고개를 끄덕이고는 얼른 글을 이어가라고 했다.

다른 애서가들의 사정은 모르겠으나 나는 헌책을 수집하다가 발견하게 되는 서명본이 일종의 색다른 기념품 같아서 특별하게 여긴다. 물론 모든 서명본이 나에게 의미를 갖는 것은 아니다. 내가 남다르게 여기는 서명본은 내가 직접 알지 못하더라도 마치 서로 잘 아는 것처럼 친밀감을 느끼는 저자 혹은 역자가 자신의 이름을 써놓은 책들이다. 그리고 책을 증정받은 이 또한 내게 전자와 비슷한 감정을 불러일으키는 사람이라면—그런 책은 발견한 적

---

* 두 사람 모두 영국의 세계적인 작가, 일러스트레이터다.

이 거의 없지만—그 책은 적어도 나에게는 더없이 보배로운 물건이 되어버리는 것이다. 짐작하건대 내가 며칠 전에 우연히 발견하여 사 온 황현산의 서명본은 헌책방 주인에게는 대수롭지 않은 책이었을 것이다(나는 그 책을 보통의 헌책들과 비슷한 할인율이 적용된 가격에 구입했다). 그러나 이 책은 내 손에 쥐인 순간부터 예사롭지 않은 의미를 갖게 되었다. 생전의 황현산과 내가 개인적으로 아는 사이였을 리 만무하지만—출판사에서 일할 때 먼발치에서 몇 번 본 것이 전부다—그의 산문과 평문을 좋아하는 나에게 그는 마치 가까운 사람처럼 느껴졌다. 다른 게 아니라 바로 그 사실 때문에 이 책은 내게 각별하게 받아들여진 것이다(황현산이 번역한 보들레르의 『파리의 우울』은 일반 서점에서 쉽게 구할 수 있는 책이기에 역자의 서명본이 아니었다면 나는 굳이 사지 않았을 것이다). 내가 간직하고 있는 서명본들 대부분이 이와 비슷하다고 할 수 있다.

　　나의 작은 서재 곳곳에 잠들어 있는 오래된—저자나 역자가 세상을 떠나고 없는—서명본들을 내가 퍽 아끼는 까닭은 앞서 말했듯 그것들이 헌책을 수집하는 나에게 더할 나위 없이 소중한 기념품 같은 물건이기 때문이다. 그러나 그러한 책들 또한 나처럼 그 저자나 역자에게 각별한 감정을 느끼지 않는 사람의 눈에는 보통의 책들과 별반 다르지 않게 보일 것이다. 사실 헌책방을 자주 다니며 책 구경을 하다 보면 이런저런 서명본을 드물지 않게 보게 된다. 그러거나 나는 내가 어떤 이유로든 친밀감을 느끼지 못하는 저자나 역자의 서명본은 그가 이름깨나 알려진 사람일지라도 그다지 소유하고 싶은 마음이 들지 않는다. 적어도 나에게는 기념품으로 삼을 만한 이유가 없는 책들인 것이다. 기본적으로 서명본이란 세상에 하나밖에 없는 책이다. 증정을 받는 사람이 저마다 다르므로 그렇다. 근래에 출판사에서 저자에게 친필 서명을 받아 불특정 다수의 독자들에게 이벤트 삼아 판매하는 책도 그것을 소유하게 된 사람에게는 세상에 하나뿐인 책이다.[*] 하지만 그렇다고 그 사실이 언제나 특별한 것도 아니다.

　한편 독자 본인이 어떤 저자나 역자에게 증정

<hr>

[*] "대량 생산된 책이 서명을 통해 (적어도 상징적으로는) 유일무이한 원본으로 변신한다. 그 텍스트는 아무리 많이 복제된다 해도 지금도 그리고 앞으로도 영원히 유일무이한 원본으로 남아 있을 것이다." 부르크하르트 슈피넨, 리네 호벤(그림), 『책에 바침』, 김인순 옮김, 쌤앤파커스, 2020, 82쪽.

받은 서명본은 어떠한가? 출판 편집자 생활을 오래 했기에 나는 이래저래 이러한 종류의 책들 또한 적잖이 갖고 있다. 대부분 내가 만든 책이거나 회사 동료들이 편집한 책이다. 출간에 즈음하여 저자나 역자와 함께하는 자리에서 아주 가끔은 설레는 마음으로, 보통은 그저 예의를 차리느라 때로는 열없이 나의 이름을 또박또박 불러주며 그들에게 서명을 받았던 것이다. 일반적인 사람들, 그러니까 헌책방을 밥 먹듯이 드나들고 그곳에서 간혹 서명본을 사들이기도 하는 일과 거리가 먼 독자들은 어떻게 생각할지 모르겠으나 나는 이러한 책들에서는 별다른 감흥을 느끼지 못한다. 얼마 안 되기는 해도 내가 진심으로 좋아하고 존경하는 저자가 몸소 서명하여 내게 건네준 책이라면 소중히 간직하지 않을 이유가 없지만, 상상해보건대 그가 누군가에게 증정한 오래된 서명본을 헌책방에서 뜻하지 않게 발견한다면 나는 오히려 그 책을 더 각별하게 여길 듯하다. 괴팍하기도 하다 싶겠지만 이는 내가 의미를 두는 서명본이 헌책방에서 '발견되는' 책들이기 때문이다. 나의 이름을 불러주고 건네받은 서명본들은 그러한 발견과 거리가 멀다. 그래서 거기에는 별다른 감흥이 없다. 그 책들은 나의 상투적이고 따분한 현재와 아무런 긴장 관계도 맺지 못한 채로 함께 할 뿐이다. 말하자면 유전(流傳)하는 책의 역사에 대한 상상이 끼어들 여지가 없는 것이다. 헌책방의 서가 앞에서 서성거릴 때 나는 현재에 거의 관심이 없다. 지나가버린 것, 오래된 것, 하지만 그래서 오히려 각별하고 애틋한 것들만이 내 마음을 툭툭 건드린다. 헌책방에서 어쩌다 발견하는 '이름이 쓰여 있는 책들' 또한 그런 것들이다.

"헌책방은 시간이 떠난 서점이다."[*] 나는 자주 헌책방에서 시간을 잊는다. 거기에는 현재라는 시간과 무관한, 혹은 현재라는 시간에 무심한 책들이 너무나 많기 때문이다. 가끔은 헌책방이라는 공간 자체가 현재에 틈입해 있는 과거의 시간처럼 느껴지기도 한다. 헌책방에 들어서는 순간 나는 현재가 아니라 과거라는 시간에 포획되어버리는 것만 같다. 그런가 하면 어떤 책은 손에 쥐는 순간 어느 특별한 과거의 시간을 나의 소유로 만드는 듯한 착각을 불러일으키기도 한다. 내가 헌책방에 가서 헌책을 구하는 것은 나에게 의미를 갖기 시작한 과거의 시간을—때로는 공간까지도—꼭 그러쥐고 현재의

[*] 같은 책, 168쪽.

내 곁에 붙들어두는 일이 아닐까 싶다.

　　오래전에 강남의 어느 헌책방에 놀러 갔다가 내가 무던히 좋아하는 한 시인의 오래된 시집—그의 첫 시집이다—을 구한 적이 있다. 그것은 그가 또 다른 시인—지금은 여기에 없는—에게 건넨 책이었다. 표지를 펼치고 그의 성글고 흐릿한 글씨를 가만 들여다보노라면 마치 자신의 첫 시집을 펼쳐 이름을 적어 넣고 있는—아마도 미간을 찌푸리고 담배를 피우며—그의 기억할 만한 생의 한순간을, 그 떠나버린 시간을 내가 비밀리에, 잠시나마 오롯이 소유한 것만 같은 느낌이 든다. 이 책을 발견하여 갖지 못했더라면 결코 경험할 수 없었을 일이다. 1981년 9월 20일에 처음 발행된 이 시집은 "우리들의 시인, 최승자"*의 『이 時代의 사랑』이다.

---

*　진은영, 『우리는 매일매일』(문학과지성사, 2008)의 「시인의 말」에서.

취미와 생활

한때 나는 헌책방을 차려볼까 자못 진지하게 생각했다. 당장은 시작하는 데 돈이 얼마나 드는지, 그리고 헌책을 팔면 얼마만큼 벌 수 있는지 궁금했다. 그 무렵 단골로 드나들던 헌책방 두 곳의 주인장들에게 넌지시 조언을 구했다. 두 사람 모두 고개를 저었다. 한 사람은 기어이 하고 싶다면 장서를 밑천 삼아 온라인에서 먼저 시도해보되 점포는 절대 얻지 말라고 신신당부했다. 나름대로 오래 해온 책장사지만 언제나 월세를 내고 나면 남는 게 없다고, 전부 빚이라고, 가게에서는 그저 책들을 회전시키고 있을 뿐이라며 잘 생각해보라고 말했다. 어렴풋이 짐작하기는 했어도 역시 만만하게 볼 일은 아니구나 싶었다.

아내의 지인 중에 1인 출판을 하며 옆 동네에서 자그마하게 헌책방을 겸업하는 분이 있었다. 나는 그분이 책을 어디에서 구해 오는지 내심 궁금했는데, 내게 헌책방 창업과 관련하여 직설적으로 조언해준 주인장의 도움을 받고 있다는 것을 우연히 알게 되었다. 아내를 통해서 들어보니 서울 근교의 이를테면 헌책 도매 시장 같은 곳에 정기적으로 같이 나가 책을 사 온다는 것이었다. 나는 그길로 다시 그 헌책방에 가서 주인장에게 언제라도 좋으니 그곳에 갈 때 한번 동행을 하게 해달라고 부탁했다. 그러니까 체험 학습 혹은 현장 견학을 해보자 싶었던 것이다. 주인장은 흔쾌히 수락했고 얼마 뒤 나는 책을 사러 가는 그의 차를 얻어 탈 수 있었다.

서울을 벗어나 교외의 어느 외진 곳에 도착하니 눈앞에 커다란 컨테이너 가건물이 나타났다. 실내는 천장이 높고 휑뎅그렁했다. 언제부터 와 있었는지 모를 몇몇 남자들과 주인장은 서로 알은척을 하며 반갑게 인사를 나누었다. 둥글고 기다란 쇠막대를 얼기설기 세우고 걸쳐 구획해놓은 어수선한 공간들—각각 임자가 있는 일종의 점포인 듯했다—에는 어디에나 헌책이 가득했다. 위태로워 보이는 지저분하고 낡은 책장들과 땅바닥 구석구석에는 노끈으로 묶어놓은 헌책 뭉텅이들이 먼지를 뒤집어쓴 채 아무렇게나 놓여 있었다(헌책방에서 그가 책을 닦고 있을 때가 많았던 이유 가운데 하나가 아니었을지). 나를 그곳에 데려가준 주인장은 좀 둘러보라 하고는 이곳저곳 오가며 필요한 책들을 골라냈다. 그의 움직임에 여유라고는 전혀 없었다. 나는 책 구경을 하는 둥 마는 둥 했다. 책이 눈에 잘 들어오지 않았다. 아마도 위화감 때문이었지 싶은데 평소 그렇게 좋아하던 헌책들이 그토록 많았음에도 나는 그 공간이 편하지 않았다. 왜 아니었겠는가. 아무리 육식을 좋아해도 도축장에 가고 싶어 할 사람은 없을 것이다. 그곳은 말하자면 도떼기시장 같은 곳이었다. 얼마 뒤 주인장을 따라 밖으로 나온 나는 빈손이었다.

그즈음이었을 것이다. 자주 드나든 헌책방이 있었다. 주인장과 낯을 익히고 얼마 지나지 않아 서로 인사를 주고받게 되었다. 나는 그곳에서 이틀이 멀다 하고 책을 사들였는데 희귀한 책들이—또렷이 기억하는 것 가운데 하나는 김향안의 산문집*—들 때마다 눈에 한가득 들어왔던 까닭이다. 가끔은 근처에서 한잔하고 문 닫을 시간이 다 되어 찾기도 했다. 어느 날인가도 이슥한 귀갓길에 잠시 들러 주인장과 한담을 나누다가 나는 그만 주워 담지 못할 실언을 하고 말았다. 잔뜩 오른 술기운 탓이었을 것이다. 제 꿈은 헌책방 주인입니다, 헌책방에서 한번 일해보고 싶습니다, 경험을 쌓아야 하지 않겠습니까, 이런 실없는 소리를 나는 주절주절 늘어놓았고, 묵묵히 이야기를 들어주던 사람 좋은 주인장은 하하, 호호, 웃으며 그럼 자기 책방에서 언제 하루 아

---

* 『카페와 참종이』, 지식산업사, 1977. 김향안에 대해서는 203쪽 각주 참조.

르바이트를 해보면 어떻겠냐고 했다. 나는 옳다구나 그러마고 큰소리쳤다.

　　주인장과 약속한 날 아침 나는 정시에 출근하여 근무를 시작했다. 속으로는 오늘 보물 같은 책 몇 권은 거뜬히 건질 수 있겠다 싶었다. 하지만 웬걸, 주인장은 온화한 표정은 평소와 조금도 다르지 않았지만 마치 무언가 단단히 벌러왔던 사람처럼 나를 한시도 가만히 두지 않았다. 출근을 하자마자 내가 하달받은 명령은 운반이었다. 그러니까 어린이용 전집—커다란 판형의 무게가 만만찮은 양장본이 대다수—같은 책들을 특정 장소에서 또 다른 특정 장소로 곱게 옮겨놓으라는 지시였다. 일을 시작한 지 얼마 되지도 않았는데 목덜미와 등허리에 땀이 차기 시작했다. 옮기고 또 옮겨도 책 무더기들은 줄어들 기미가 없었다. 군복무 시절 이후 그토록 시간이 느릿느릿 간 것은 그때가 처음인 듯싶다. 이윽고 팔다리가 후들후들했다. 천생 책상물림의 몸뚱이 곳곳에서 비명 소리가 들려왔다. 출근한 지 겨우 두어 시간밖에 지나지 않았을 때였다. 주먹으로 허리를 두드리고 있는데 주인장이 빙긋이 웃으면서 다가와 밥을 먹고 오라며 동네 어느 식당의 위치를 알려주었다. 고봉밥 두 공기가 순식간에 사라졌다.

담배 몇 대를 피우고 다시 일터로 돌아와 그새 더 많이 쌓인 듯한 무거운 책들을 정신없이 날랐다. 뉘엿뉘엿 해가 저물 무렵 드디어 나는 퇴근을 하게 되었다. 주인장은 입꼬리를 올리며 일당이 담긴 봉투를 내 손에 가만 쥐여주었다. 아이고, 선생님, 오늘 많이 힘드셨지요? 그즈음 나는 신영복과 유시민의 책을 펴낸 출판사에서 편집자로 일하고 있었다. 그 헌책방의 서가에는 내가 재직하는 출판사에서 나온 책들이 적잖이 꽂혀 있었다. 이러구러 그러한 사정을 알고 난 뒤로 연세 지긋한 주인장은 나를 꼬박꼬박 선생님이라고 불렀다. 몸도 마음도 지칠 대로 지친 나는 거의 울상이 되어 네네, 사장님, 과연 그렇습니다, 하고는 뒤도 안 돌아보고 도망치듯이 그곳을 빠져나왔다. 하지만 귓가에는 계속 주인장의 말이 메아리쳤다. 선생님, 오늘 많이 힘드셨지요……? 힘드셨지요……?

　　모두 10여 년쯤 된 일인가 싶다. 이런 일들을 겪고 나서 나는 헌책방 주인이 되고 싶은 마음 싹 지워버리고 어디에서고 절대 입 밖에 내지 않았다. 그러거나 요즘도 이 헌책방들에는 일주일에 한두 번 꼭 들른다. 무심히 세월만 흘렀을 뿐 주인장들의 면모 또한 옛날 그대로다. 변함없는 사실은 나에게 헌책은 취미 생활의 대상이지만, 그들에게는 취미도 아니고 생활도 아니라는 것이다. 그들에게 그것은 생계 자체다.

영국의 작가 조지 오웰은 젊은 시절에 서점—헌책방이다—에서 일한 적이 있다. 그는 그때의 경험을 글로 남겨놓았다.* 그리 길지 않은 이 에세이는 책을 좋아하는 사람이라면 누구라도 눈 깜짝할 사이에 읽어버릴 것이 분명하다. 하지만 책이라는 사물을 애호하는 독자들의 가슴 한구석에는 씁쓸한 뒷맛을 남길 수 있는 글이기도 하다. 그가 추억하는 서점은 "런던 같은 도시에서는 딱히 병원에 가야 할 정도는 아닌 정신이상자들이" "돈을 전혀 쓰지 않고도 오랫동안 서성일 수 있는 몇 안 되는 곳 중 하나"**였을 뿐이다. 게다가 "책은 지금까지 만들어진 그 어떤 물건보다도 더 많고 고약한 먼지를 뿜어"냈고 "책머리만큼 왕파리가 죽을 장소로 선호하는 곳은 없"***었던 것이다.

---

* 「Bookshop Memories」, 1936.
** 조지 오웰, 「서점의 추억」, 『나는 왜 쓰는가』, 이한중 옮김, 한겨레출판, 2010, 44~45쪽.
*** 같은 글, 49쪽.

오웰은 누구 못지않게 책을 좋아하는 사람이었지만 서점에서 일하며 책에 대한 애정마저 잃어버리고 말았다. 손님들에게 책에 대해 거짓말을 해야 했고, 언제나 책에 덮인 먼지를 털고 책을 이리저리 옮겨야—이것이야말로 그가 책에 대한 사랑을 잃어버린 이유 아닐까—했기 때문이다. 심지어 그는 서점에서 일한 뒤로는 더 이상 책을 사지도 않게 되었다. "한 번에 5000권, 만 권씩 보다 보니 책이란 게 시시했고 지긋지긋하기까지 했다. 요즘은 가끔씩만 책을 사고, 그것도 읽고는 싶은데 빌려볼 수 없는 것만을 산다. 그리고 시시한 건 절대 사지 않는다."* 그러나 곰곰 생각해보면 한편으로 이는 얼마나 다행스러운 일인가. 이때 오웰이 책장수로 눌러앉아버렸다면 『동물농장』도, 『1984』도—「서점의 추억」도—없었을 것 아닌가. 세상을 떠났을 때 그의 나이 고작 47세였음을 떠올리면 이는 더욱 실감 나는 사실이다. 그러거나 오웰도 한때는 시간의 흐름을 고스란히 간직한 책, 오래된 책의 물성을 더없이 사랑했던 사람이었다.

* 같은 글, 49~50쪽.

    내가 책을 정말 사랑한 적이 있긴 했다. 덧붙이
자면 적어도 50년이 넘은 책의 모습과 냄새와 감촉
을 사랑했던 것이다.[*]

* 같은 곳.

원본 가까이

헌책방에서 나는 종종 이미 가지고 있는—과거에 가지고 있던—책을 또 사들이고는 한다. 대개는 이미 가지고 있다는 것을 까맣게 잊어서다. 긴가민가 하면 일단 사고 본다(다음 기회를 기약하기 어려운 책들일 때가 많기 때문이다). 나는 책을 다른 사람에게 빌려주거나 갖고 다니다가 잃어버리는 일이 좀처럼 없지만—책 이외의 물건은 자주 잃어버린다—어떤 책이 서재에 있는지 없는지 도무지 기억나지 않을 때는 많은 것이다. 한두 권 더 갖고 싶어서일 때도 있다. 이미 갖고 있다는 것을 분명히 알지만 이른바 소장용으로 더 갖춰두기 위해서다.* 반복하건대 나에게는 대단히 귀한 데다 자주 만나기 쉽지 않은 책들인 것이다. 그런가 하면 얼마간 가지고 있었으나 책이라는 물건에 대한 염증이 도져 충동적으로 내다 팔아버린 이후로는 도무지 구할 수 없던 책과 해

---

* "'여기 있는 책 대부분은 한 번도 펼쳐지지 않을 것'이라고, 사방을 둘러싼 반짝이는 금박 제목과 가죽 장정 책들을 가리키며 런던의 유명한 고서적상 헨리 소더랜은 말한다. '이 책들은 소장용이지, 독서용이 아닙니다.' 18세기에는 많은 장서가들이 책을 두 권씩 샀다. 한 권은 보관용으로, 한 권은 독서용으로." 필리프 블롬, 『수집: 기묘하고 아름다운 강박의 세계』, 242쪽.

후할 때—그것은 내가 팔았던 책일 수도 있다—무조건 다시 산다. 이제 절대 팔지 않으리라 다짐하면서. 오래전에 읽고 서재 어딘가에 꽂아두었지만 어쩐 일인지 마치 그 자리에서 처음 보는 듯한 느낌을 불러일으키는 책을 다시 구매하기도 한다.* 흔하지 않은 일이긴 하지만 가까운 지인이 어떤 책을 어떻게 좀 구해줄 수 없겠느냐고 할 때도 있다. 그러면 잘 기억해두었다가 눈에 띄면 얼른 사들인다. 나는 이미 그 책을 갖고 있지만 그렇다고 그것을 내줄 수는 없는 일이니. 그 밖에 신판이 나와 있지만 절판된 구판이 더 마음에 드는 경우에도—물론 이 경우에는 출판사가 다를 수 있으니 물리적으로 같은 책이라고 말하기는 어렵지만—저자나 역자, 내용이 동일한 책을 다시 사고는 한다(나에게는 김희영이 옮긴 롤랑 바르트의 『사랑의 단상』이 그러한 책이다. 문학과지성사에서 나온 구판이 아니면 『사랑의 단상』은 도

* "헌책방에서 마음에 드는 책을 발견할 경우, 그 책을 이미 갖고 있다 할지라도 또다시 구입하는 데 그는 주저함이 없다. 붉은 뺨의 청년이 1972년에 구입한 책과 이후 많은 것을 경험한 사람이 21세기에 다시 발견한 책은 분명히 다르기 때문이다." 배수아, 『작별들 순간들』, 문학동네, 2023, 11쪽.

무지 『사랑의 단상』 같지 않아 보이는 것이다).

그런데 사실은 말 그대로 주저 없이 또 사게 만드는 책들이 있다. 그것은 바로 초판본, 좀 더 정확히 말하자면 초판 1쇄본이다. 나는 헌책방에 가면 이미 가지고 있는 책들이어도 내 서재가 아니라 그 책방의 서가에 꽂혀 있는 같은 책들을 버릇처럼 펼쳐 들고 간기 면을 들여다보고는 하는데 그 까닭은 내 서재에 있는 책들 가운데는 초판이기는 하지만 1쇄본이 아닌 책들이 적지 않고 나는 그런 책들을 대부분 기억하고 있기 때문이다. 그러니까 나는 간기 면에 인쇄된 숫자 한두 개만 제외하면 다를 것이 없는 책을, 바로 그 사소한 차이가 나에게는 그토록 중요하기에 태반은 끝까지 읽지도 않고 서가에 꽂아두기만 할 것이면서—그렇다, 부끄러움을 감출 길이 없다—사고 또 사는 것이다. 하지만 여기서 끝이 아니다. 이미 초판 1쇄본을 가지고 있는데 다른 초판 1쇄본을 또 사들일 때도 있다. 어쨌든 내 눈에는 너무나 귀해 보이는 데다 가뭄에 콩 나듯 보이는 책이니 보일 때마다 쟁여두려는 추접스러운 욕심 탓이 아니라고는 차마 말하지 못하겠으나 독자의 양해를 구하자면 그 이유가 전부는 아니다. 그럼 도대체 왜 그런 짓을 하는 것인가? 말하기 민망하지만 내가 가지고 있는 초판 1쇄본보다 헌책방에서 다시 발견한 초판 1쇄본의 상태가 더 좋아서다. 나의 허름한 소장본보다 훨씬 더 멀쩡해 보이는 책이 이미 내 눈에 들어와버렸는데 그것을 내가 가지고 있는 책이라는 이유로 무심하게 지나치기란 나 같은 인간에게는 너무 힘든, 아니 고통에 가까운 일이다.

오래전의 일화 하나. 이와 같은 이유들로 내가 어쨌거나 같은 책을 자주(!) 사들인다는 것을 알게 된 어느 헌책방—요즘도 자주 드나든다—주인은 언젠가 내가 또 흔치 않은 절판본 하나를 사려고—1991년에 미학사에서 나온 김훈의 에세이 『선택과 옹호』. 이미 가지고 있던 책보다 상태가 좋았고, 소장용으로 한 권 더 갖고 싶었다—계산대 위에 올려놓자 작심한 듯 말했다. 이 책은 전에 나한테서 한 번 사가지 않았나? 그런데 왜 또 사는가? 거의 힐난에 가깝게 들리는 지적이어서—어쭙잖게 짐작해보자면 찾는 사람이 많은 절판본인 줄 뻔히 알면서 보일 때마다 욕심 사납게 사들이는 건 그리 보기 좋지 않다고 말해주려던 게 아니었을까 싶다—나는 그만 겸연쩍어져 앞으로는 이런 행동을 지양하겠다고 본의 아니게 퉁명스레 대답했지만 그 뒤로 한동안 그곳에 들를 때면 괜스레 주인의 눈치가 보여 마음 한

구석이 영 편치 않았다. 나무랄 데 없는 헌책방을 운영하는 합리적인 주인의 지적이 틀린 것도 아니었던 데다 가만 돌아보면 나 스스로 절판본이라든가 초판본 같은 희귀한 책을 긁어모으는 데 억척스러운 속물 같은 면모가 없었던 것도 아니어서 사실은 심한 자괴감을 느끼기도 했다.* 다행히도 그러한 일을 겪은 뒤로는 언제나 나의 애를 태우는 책들을 향한 열망에 의식적으로 초연해지려고 노력하게 된바, 말하자면 귀하게 여길 만한 책을 사들일 때면 더더욱 신중하고, 침착하고, 품위 있게 스스로를 단속하려 애썼던 것이다.

그러거나 이 초판본이라 불리는 책은 얼마간이라도 책을 수집하는 일에 흥미와 관심을 가진 이들에게는 언제나 호기심과 소유욕을 불러일으키는 특별한 매혹의 대상인바, 책을 깊이 사랑하기는 하지만 책이라는 물건을 모으는 데 열을 올리는 일에는 별다른 관심이 없어 책 수집가들을 다소 낮추어 보는 점잖은 애서가들이라면 초판본에 대한 그들의

---

* 자신이 일하던 헌책방에 드나드는 손님들 가운데는 "초판 밝히는 속물들이 문학 애호가들보다 훨씬 흔했"(조지 오웰, 「서점의 추억」, 『나는 왜 쓰는가』, 43쪽)다는 조지 오웰의 글을 읽고 얼마나 뜨끔하던지!

식을 줄 모르는 열정을 좀처럼 이해하지 못할 것이
분명하다.

우리나라의 근현대 문인들 가운데는 책이라는
사물 자체에 탐닉한 이들이 적지 않다. 그 대표적인
사람이 바로 「병든 서울」(1945)이라는 시로 잘 알려
진 시인 오장환(1918~1951)이다.* 그가 "상심루(賞
心樓)** 주인" 상허 이태준의 청을 받고 이른바 '애
서 취미'에 대해 쓴 글이 한 편 전하는데 이를 보면
동서고금의 "비블리오마니아(bibliomania)"는 모두
가 한통속임을 알 수 있다.

---

* 오장환과 더불어 「목마와 숙녀」의 시인 박인환(1926~
  1956) 또한 남다른 책 애호가였다. 그는 서울에서 마리서
  사라는 서점을 운영했다. "박인환의 책 사랑은 유별났다.
  책을 사서 흠집이 나지 않도록 일일이 표지를 씌웠다. 심
  지어 월간지 〈현대문학〉마저 손때가 묻지 않도록 유산지
  나 셀로판지로 덧씌웠다. 박인환은 실은 책의 물성物性 애
  호가愛好家였다. 박인환은 책을 이루는 환영幻影과 이야기
  와 상상력의 성분들이 아니라 쥐고 쓰다듬을 수 있는 장
  정裝幀과 사물로서의 아름다움에 탐닉했다." 장석주, 「박
  인환과 책의 물성」, 『예술가와 사물들』, 35쪽.
** 이태준의 고택 수연산방(壽硯山房)의 행랑채에 상허가 붙
  인 이름. 한국전쟁 때 소실되었다.

대개 이 애서가가 되기 시작하는 증세는 같은 책에서도 특제를 사려고 하는 데에서 시작되어 세상에서 흔하지 않은 책 한정본, 혹은 초판본, 나중에는 남이 안 가진 책을 가지려고 하고 또한 갖는 데에 쾌감을 느끼는 것이 경지를 넓혀 남의 사본(私本), 원고, 서명본, 필적, 서간, 일기 같은 것을 모으는 데에 이르게 됩니다.[*]

미당 서정주의 첫 시집이자 한국 현대 시문학사의 걸작인 『화사집(花蛇集)』은 1941년 특제본(호화판)과 병제본(보급판) 두 가지 판본으로 100부가 발행된 것으로 알려져 있다. (미당 본인의 기억에 의거하여 제작한 복각본으로만 그 실물을 상상할 수 있었던 『화사집』 특제본은 근래에 국립중앙도서관이 개인 소장자로부터 구입한 사실을 발표하며 그 실재가 확인되었다. 특제본의 표제 글씨 '궁발거사 화사집(窮髮居士 花蛇集)'은 시인 정지용이 써주었는데 미당의 회고에 따르면 정지용은 이 글씨를 써줄 때 미당을 일러 자신의 수제자라 했다고 한다.) 『화사집』을 발행한, 정

<hr>

[*]　오장환, 「애서 취미(愛書趣味)」, 『오장환 전집』, 김재용 엮음, 실천문학사, 2002, 217~218쪽.(『문장』, 1939. 3. 발표)

확하게 말하면 만들어낸 사람이 바로 출판사 남만서고(南蠻書庫)를 운영했던 오장환이었다(오장환과 서정주는 『시인부락』의 동인으로 절친한 사이였다). 그는 1937년 남만서점이라는 문학 전문 서점을 열었는데 거기에는 그가 도쿄에서 잔뜩 수집해 온, 서울에서는 구경조차 하기 어려운 서양의 진귀한 시집들의 초판이나 화집, 그 밖에 갖가지 호화본, 한정본 등이 가득했다고 한다. 그 자신 집안의 유산을 넉넉히 물려받은 '비블리오마니아'였기에 가능했던 일이다. 『화사집』은 남만서고에서 세 번째로 펴낸 시집이다. 「애서 취미」에서 "조선에도 한정판 구락부 같은 것을 만들어 『춘향전』이라든가 『용비어천가』 같은 고전 혹은 현대 작가들의 시집이나 소설집 같은 것을 만들고 싶습니다"*라고 했던 그는 곧 자신의 바람을 실행에 옮겨 1939년 본인의 두 번째 시집 『헌사』를 남만서고의 첫 책으로 출간했고(80부 한정), 이후 김광균의 『와사등』을 두 번째 책으로 펴냈다(100부 한정). 극도로 공들여 소량 제작한 한정본답게 그 책들은 단순한 책이 아니라 하나의 예술품이었던바** 거기에는 책이라는 사물에 대한 그

* 같은 글, 220쪽.

의 집요한 애착***이 고스란히 담겨 있다고 할 수 있다.

한편으로 오스트리아의 뛰어난 작가 슈테판 츠바이크(1881~1942)는 초판본이나 서명본과 같은 책을 수집하는 것보다 훨씬 더 실행하기 어려운, 하지만 수집 행위로서 그 수준과 가치가 더할 나위 없이 높은 일에 매달렸는데 다름 아니라 문학가나 음악가 등 예술가들의 친필 문헌을 한곳에 모아두는 것이었다. 거기에는 시를 비롯한 문학작품의 원고, 교정본, 스케치, 악보 등이 포함되었다. 잘 알려져 있다시피 츠바이크는 당대 내로라하는 유럽의 문화 예술인, 학자 들과 내밀하게 교류한바 그러한 인적 관계를 바탕으로 훌륭한 예술이 세상에 태어나

** "북아티스트"로서 오장환의 면모에 대해서는 다음 글을 참고. 김민영, 「조선의 북아티스트 '오장환'의 아르테미스에 대한《헌사》」,《오늘의 도서관》vol.317, 2023. 11., 국립중앙도서관.

*** 김현의 『행복한 책읽기』(문학과지성사, 1992, 199쪽)를 읽다가 나는 이러한 대목을 발견한바, 초판본 등 희귀한 책을 사랑하는 수집가들은 그렇지 않은 사람들의 눈에는 그저 '광인'의 한 부류일 뿐이다. "최두석이 평한 『오장환 전집 1, 2』(창비, 1989)를 읽었다. (…) 주목할 만한 그의 특성: 게으름·늦잠·책광, (…)."

는 순간의 흔적이 고스란히 남아 있는 '원본'을 모아들이는 데 혼신의 힘을 다했다. 그렇다면 츠바이크가 그러한 일에 매달린 까닭은 무엇일까? 그 밑바닥에는 인류 역사에 길이 남을 만한 예술품을 창조해낸 특별한 인간들에 대한 경외와 사랑이 넘실거리고 있었다. 그에게는 지고의 문학과 예술을 진정으로 이해하고 감상하는 데 그들이 몸소 남긴 흔적들보다 더 중요하고 쓸모 있는 자료는 없었다. "모든 수집가들은 어떤 물건을 획득하기 위해 희생이 따라야만 한다면 그 희생만큼 그것을 소유하는 기쁨이 얼마나 커지는지 알 것"*이라 말했던 츠바이크는 심지어 절친한 작가, 학자 들에게 그들의 '원본'을 내달라고 '요구'하기도 했다. 로맹 롤랑, 라이너 마리아 릴케, 막심 고리키, 지크문트 프로이트 등이 그에 응해 자신들의 분신과 같은 또렷한 '흔적'들을 기꺼이 그에게 내주었다. 츠바이크는 이에 대해 이렇게 말했다. "그들은 어떤 박물관도 그들의 필적을 나만큼 사랑을 갖고 지킬 수 없으리라는 것을 알고 있었다."** (츠바이크의 수집품 가운데는 윌리엄 블레

---

* 슈테판 츠바이크, 『어제의 세계』, 곽복록 옮김, 지식공작소, 2014(개정판), 204쪽.

이크의 그림, 요한 볼프강 폰 괴테의 시 원고, 오노레 드 발자크의 교정 원고, 볼프강 아마데우스 모차르트의 자필 악보 등이 있었다. 훗날 그는 루트비히 판 베토벤의 책상과 가계부, 심지어 머리카락까지 자택의 한 방에 모아두었다. 그 방에는 괴테가 사용했던 깃털 펜도 있었다. 아, 그것들은 정말이지 모두 어디로 흩어져버렸을까?)

내가 구했던 것은 시나 작곡의 원본이나 초안이었다. 한 예술 작품의 창조의 문제는, 그것이 전기적 형식이든 심리적 형식이든 간에, 다른 무엇보다도 나의 마음을 사로잡았기 때문이다. 하나의 시구나 멜로디가 눈에 보이지 않는 천재의 환상이나 직관으로부터 문자화되어 지상에 모습을 드러내는 가장 비밀스러운 변이의 순간. 이것을 모든 혈로(血路)를 헤치고 황홀경으로 몰고 가는 거장의 원고가 아닌 어디에서 더 잘 음미하고 느낄 수 있겠는가?***

물론 오늘날의 수집가들은 츠바이크가 누린

** 같은 곳.
*** 같은 책, 203쪽.

것과 같은 행운을 얻을 가능성이 거의 없다. 당대에
도 그럴 수 있었던 사람은 그리 많지 않았을 것이
다. 나 같은 이들이 헌책방을 드나들며—이제는 고
서점이라 부를 만한 곳마저 모조리 사라지고 없으
니—뛰어난 작가들의 초판본을 찾아 헤매는 것은
그럼에도 진귀한 것을 그러모아 쟁여두려는 어떤
인간들의 속내만큼은 과거와 전혀 달라지지 않았
기 때문은 아닐까. 더없이 아름답고 위대한 작품의
친필 원본은 아닐지라도 어쩌면 그것에 가장 가까
이 다가가 있는지도 모를 사물, 그것이 혹시 초판본
아닐까. 아닌 게 아니라 초판본은 그 책을 쓴 작가
가 처음 받아서 펼쳤을 때의 모습 그대로의 책이기
도 하다.* (초판본 가운데서 이에 해당하지 않는 책들
이 있으니 이른바 유고집이다. 이를테면 시인 기형도는
자신의 시집 『입속의 검은 잎』을, 『입속의 검은 잎』에
해설을 쓴 문학평론가 김현은 자신의 독서일기 『행복한
책읽기』를 보지 못하고 죽었다. 시인 이연주(『속죄양,

---

* "초판본에 인쇄된 페이지들을 응시할 때 우리는 작가가
  인쇄소에서 갓 나온 책의 한 페이지 한 페이지를 응시했
  던 것과 같은 것" 본다. "그것은 단순한 감동 이상의 것
  이다." 부르크하르트 슈피넨, 리네 호벤(그림), 『책에 바
  침』, 127쪽.

유다』(세계사, 1993))도, 진이정(『거꾸로 선 꿈을 위하여』(세계사, 1994))도 마찬가지다.) 그것은 비록 아쉬우나마 우리가 작가의 오라(aura)를 심리적으로나마 최대한 가까이서 느낄 수 있게 해주는 보기 드문 책인 것이다.

나는 얼마 전 어느 헌책방에 갔다가 김현의 『행복한 책읽기』 초판 1쇄와 이문구의 『우리 동네』 초판 1쇄를 구했다. 김현의 책은 흔히 볼 수 있는 노란색 표지의 『행복한 책읽기』와 달리 표지가 회색이고 김현의 초상 스케치가 없다(나의 한 친구는 그 표지를 보고 '행복해 보이지 않는다'라고 말했다). 이문구의 책은 여느 『우리 동네』와 달리 표지에 코팅이 되어 있지 않다. 초판 1쇄인 책들을 찾아다니는 나는 이러한 사실을 더더욱 많이 알게 되기를 바라마지않는다.

한편 내 서재에는 다소 특이한 '문학과지성 시인선'이 네 권 있다. 모두 오래전에 헌책방에서 구한 것들이다. 문학과지성사의 시인선은 시리즈이므로 당연히 책마다 번호가 붙어 있다. 문학과지성 시인선의 1번 시집은 황동규의 『나는 바퀴를 보면 굴리고 싶어진다』이다. 그런데 내가 가지고 있는 시집 네 권에는 아무리 찾아봐도 번호가 보이지 않는다.

번호가 들어가 있어야 할 법한 자리에는 그저 색이 채워진 네모뿐이다. 간기를 보면 초판본도 있고, 3쇄본, 2판본도 있다. 그런데 모두 번호는 없다. 뒷날개를 살펴봐도 출간된 시집들의 제목과 지은이, 책값뿐이다. 『나는 바퀴를 보면 굴리고 싶어진다』가 맨 윗줄에 있는 시집도 있지만 그렇지 않은 책도 있다. 시인선의 이름 표기도 통일이 안 되어 있다. 어떤 책에는 '「文學과知性」詩選'이라고 되어 있는데 또 어떤 책에는 '「文學과知性」詩選'이라고 되어 있다(띄어쓰기가 다르다). 짐작하건대 이는 시인선을 처음 펴내던 무렵 출판사 편집, 미술 부서의 어수선한 상황이 반영된 것이 아닌가 한다. 시인선에 포함되어 있는 신대철의 시집 『무인도를 위하여』와 장영수의 시집 『메이비』는 모두 1977년 5월 문학과지성사에서 처음 출간되었는데 표지 디자인을 보면 현재 문학과지성 시인선과 전혀 다르다. 오늘날 문학과지성 시인선 디자인의 뼈대를 잡은 사람은 시인 오규원이다.* 그는 문학과지성사의 다른 책들도

---

*   "어느 날, 그는 문지 시집 장정이 촌스러우니 바꾸라고 야단치듯하며 표지 도안 하나를 내밀었다. 그것이 이런저런 출판사들의 시집 총서 모범이 된 '문지 시인선' 표지 포맷이었다. 표지 둘레를 기본 색 한 가지로 깔아 둘레를 구성

여러 권 장정했다.** 대표적으로는 이청준의 『당신들의 천국』***과 조세희의 『난장이가 쏘아올린 작

하고 가운데에 시인에 따라 고른 색깔을 긴 네모의 틀 안에 바탕으로 하여 시집 표제와 시인의 캐리커처를 넣고, 표지 뒷면에는 시인의 시에 관한 단장을 넣도록 한 그 장정은 한마디로 '혁신적인 멋'을 발휘하는 것이었다. 문학과지성사의 시인선이 이제 500권에 가까워지고 있지만, 100호 단위마다 큰 바탕색만 바꾸며 근 40년 동안 그 구조를 유지해오면서도 여전한 모범을 자랑하며 '문지 시인선'의 높은 품격과 신선한 세련성을 지킬 수 있었던 것은 오로지 오규원의 이 높은 심미안이 잡아준 틀 덕분이다." 김병익, 「오규원에게 보내는 뒤늦은 감사와 송구―그의 첫 시집 『분명한 사건』을 다시 읽으며」, 오규원, 『분명한 사건』, 문학과지성사, 2017, 76~77쪽.

** "문학과지성사가 문을 연 후, 얼마 동안, 나는 책의 장정을 가끔 해주곤 했다. 내가 먼저 자청을 한 경우도 있고 가까운 문우나 문지 측의 요청으로 한 경우도 있다. 내가 한 장정 가운데 잘 알려진 것으로는 이청준의 『당신들의 천국』, 조세희의 『난장이가 쏘아올린 작은 공』, 문학과지성 시인선 시리즈 표지 디자인 등인데, 내가 한 책의 표지 장정의 수를 합한다면 그 수가 제법 될 듯하다." 오규원, 「표지 장정과 나」, 『문학과지성사 30년』, 문학과지성사, 2005, 314쪽.

*** "'문학과지성'사에서 이청준의 『당신들의 천국』을 출판한다고 했을 때, 나는 그 책의 표지 장정을 자청했다. 이게 내 서툰 사랑법이다. 김병익은 짐 하나 줄였다고 가볍게

은 공』**** 등이 있다.

　나는 초판본을 찾아다니고 우연히 발견하고
기꺼이 사들이며 알게 되는 이러한 사실들이 더없
이 흥미롭다. 그러한 흥미로움에 대한 갈망이 여간
해서는 사그라지지 않는다. 이렇듯 초판본에 대한
관심은 오롯이 서지적(書誌的)인 것일 때가 많지만,
또한 그것이야말로 수집가들의 원초적이고 항상적
인 도락이기도 하다. 초판본은 시간을 견디고 살아
남은 책들이다. 초판본이 아니어도 이미 좋은 책이
라서 더 가치 있게 여겨지는 책이다. 그중 일부는
좋은 책이지만 단 한 번 찍고 나서 더 찍지 않은 책,
즉 그것이 곧 유일본인 책이기도 하다. 농담 삼아

응낙했고, 나는 이 소설에 어울릴 만한 표지용 그림을 찾
기 위해 며칠 화집을 뒤적거렸다." 같은 글, 315쪽.

**** 박대헌의 역저 『한국 북디자인 100년』(21세기북스, 2013)
에는 『난장이가 쏘아올린 작은 공』을 디자인한 사람이 화
가 백영수로 되어 있는데 이는 오류다. 백영수는 『난장이
가 쏘아올린 작은 공』에 쓰인 그림의 원작이고, 오규원
이 백영수의 원화를 가지고 고의는 아니지만 무단으로 책
을 장정한 것이다. 이기웅, 「백영수 화백의 출판미술을 말
한다」, 백영수, 『백영수의 1950년대 추억의 스케치북』(열
화당, 2012)에 이와 관련한 자세한 내용이 실려 있다. 여하
간 이 책을 디자인한 사람은 백영수가 아니고 오규원이다.

말하자면 나에게는 초판 1쇄 이후의 판본은 모두 초판 1쇄의 복사본에 불과하다. 책을 얼마든 다시 인쇄할 수 있는 시대에 창작의 정신이 투영된 원본 혹은 그 원형을 주장할 사물로서의 책이 바로 초판본 아닐까.

쟁여두기

요즘은 밖에서 일을 마치고 저물녘 집에 돌아오면 이내 심신이 풀어져버린다. 도무지 아무것도 하고 싶지가 않다. 저녁밥을 차려 먹고 나면 둥그렇게 생긴 라탄 의자에 몸을 길게 늘어뜨리고 앉아 넋을 놓고 쉰다. 오른편은 커다란 여닫이창인데 면사로 짠 얇은 천을 커튼 대신 대충 쳐놓았다. 창가에는 역시 책이 잔뜩 쌓여 있다. 책장이 턱없이 부족하지만 작은 집이라 가져다둘 공간이 마땅찮다. 신혼 시절부터 하나둘 늘려온 책장은 이제 우리가 안 보는 사이 책들을 조금씩 토해내고 있다. 거실 한쪽 벽을 따라 되는대로 쌓아둔 책들은 내다 팔려고 생각 중이지만 실제로 언제 내갈는지는 알 수 없다. 내가 저녁나절 앉아 쉬는 의자 곁에 상주하는 책들은 대부분 이런저런 글을 쓰는 데 필요하여 수시로 참고하려고 서가 여기저기서 빼내둔 것이다. 물론 거기에는 근래에 입수한 책들도 섞여 있다. 출판사 관계자나 지인으로부터 받은 증정본이 일부 있지만, 대부분은 매주 한두 번씩 들르는 헌책방들에서 사가지고 온 책들이다. 나는 헌책방에서 빈손으로 나오는 일이 거의 없다. 쉬지 않고 헌책을 사서 집으로 들고 들어온다.

책 무더기의 꼭대기에는 보통 두어 군데 도서

관에서 빌려 온 책들이 삐뚤삐뚤 널려 있다. 나의 대출 가능 권수는 0일 때가 태반이다. 날마다 어떤 책은 반납하고 어떤 책은 빌려 온다. 조급한 마음과 달리 대부분은 통독하지 못하고 반납하는 것이 부지기수다. 그럼에도 계속 책을 빌려다놓지 않으면 불안하다. 도서관에 가면 그때그때 읽고 싶은, 읽지 않으면 안 될 것 같은, 읽으려고 했는데 깜빡한, 혹은 회원들이 신청해서 신착 도서 서가에 꽂힌 책들이 항상 눈에 들어오는 것이다. 헌책 사들이기와 도서 대출은 공히 아주 오래된 습관이다. 여하간 집에서 내가 가장 오래 머무는 자리 옆에는 책들이 잔뜩 쌓여 있는데 문제는 그것들이 시도 때도 없이 다른 책들로 교체되기만 할 뿐 정작 읽히는 일은 별로 없다는 것이다.

내게도 그러한 시절이 있었다. 퇴근하고—회사에서 나는 책이 되어야 할 원고를 읽었다—얼른 집에 가서 읽고 싶은 책을 펼칠 생각에 몸은 피곤해도 마음만은 설레었던. 물론 그 무렵에도 읽는 시간보다 사들이거나 빌려 오는 시간이 훨씬 더 많기는 했다. 그때와 비교할 수 없을 만큼 타성에 젖고 게을러져 점점 더 열독의 기억으로부터 멀어지고 있는 지금도 나는 여전히 사거나 빌린 책을 내가 앉아 쉬는 곳, 손을 뻗으면 닿는 곳에 한가득 쟁여놓는다. 그래야 마음이 놓이는 것이다. 예전만큼 책을 읽지 않아서 그런지 간혹 뇌의 한 부분이 작동을 멈춘 것이 아닌가 싶을 때가 있다. 아마도 줄어든 독서량에 비례하여 늘어난 음주량이 여기 적잖은 영향을 끼쳤을 것이다. 좀처럼 정좌하고 책장을 펼치지 않는 태만한 나 자신을 멍징하게 자각할 때마다 마치 흰개미가 나무를 갉아 먹듯 나에게는 유령 같은 불안감이 엄습해 온다.

피로와 나태에 찌들어 허망하게 흘려보내는 무위 혹은 방기의 시간은 불행한 시간이다. 이러한 감각은 간혹 퀴퀴한 냄새 가득한 헌책방의 서가 앞에 서서 낡은 책들의 책등을 우두커니 훑어보고 있을 때 매우 또렷해지고는 한다. 아직 완전히 이성을 잃지 않은 나의 또 다른 자아가 묻는다. 너 뭐 해? 또 책 사려고? 사가지고 가보았자 며칠 전에 사 간 책들 위에 고스란히 쌓이기만 할 게 뻔한데! 이봐, 이제 너는 젊지 않아. 시간을 아껴야 한다고. 읽지도 못할 책은 그만 사고—아무리 헌책이라지만 책값도 좀 아껴야지—네 방에 쌓여 있는 책들부터 진득하게 앉아 읽어보면 어때? 나는 마땅히 대꾸할 말이 없어서 그만 우울해지고 만다. 슬픔에 가까운 감정이다.

　나는 몇 권의 허름한 책을 주섬주섬 챙겨 책값을 계산하고 헌책방을 나온다. 책 꾸러미를 바리바리 들고 느지막이 집에 들어오면 나는 몸을 씻고 나와서 책상 앞에 앉아 그날 취득한 책들을 한 권 한 권 꼼꼼히 한 번 더 검수한다. 그렇게 살균수와 티슈로 구석구석 소독하고 닦은 뒤에—코팅이 되어 있지 않은 책은 먼지를 떨어내고 베란다로 가져가 얼마간 바람을 쏘이고 볕에 말린다(옛말로 '포쇄曝曬'라고 한다)—비로소 그 책들과 대면한다. 내가 감응하는 것은 그 책들 자체이기도 하고 그것들과 동일시되는 텍스트이기도 하다. 그것들과 대면함으로써 감응할 때 나는 가끔, 밤늦게까지 시정잡배들과 허랑방탕하게 어울려 놀다가 귀가해서는 냄새 밴 옷을 벗어 던져버리고 목욕한 뒤 비로소 맑은 정신으로 인류의 보물 같은 책을 펼치고는 그 텍스트를 음미해가며 지금은 세상에 없는 옛 현자들과 늦도록 대화를 나누었던 니콜로 마키아벨리라는 사람을 주제넘게 떠올리기도 하는 것이다.

　즐겨 마시는 술을 한 잔 가득 따라서 옆에 놓아두고 나는 내가 늘 몸을 묻는 라탄 의자에 앉아 오늘 사 들고 와 소제를 마친 책들을 한 권씩 들여

다본다. 그러면 우울했던 기분이 조금씩 풀어진다. 체내에 흡수된 알코올과 그 덕분에 분출된 도파민 때문인지도 모른다. 나는 헌책들을 내려놓고 얼마 전에 도서관에서 빌려 와 아직 한 번도 펼쳐보지 않은 책—모리스 블랑쇼의 『도래할 책』—을 집어 들고는 드디어 딱딱한 앞표지를 펼친다. 차례를 천천히 읽어나간다. 드디어 이것은 나에게도 도래하는 책이 되겠구나 싶은 행복한 순간이다. 기분 좋게 본문의 문을 열고 들어간 나는 그러나 곧바로 예기치 않은 습격을 받는다. 물컹물컹한 나의 배가 순간 출렁인다. 두 발로 잽싸게 내 어깨를 짚고 〈라이온 킹〉의 심바라도 되는 듯 좌우로 고갯짓을 하다가 이내 내 얼굴 구석구석에 제 이마를 비벼대는 독서의 방해자가 있으니 바로 이브라는 고양이다. 내가 책 무더기 옆에 느긋이 다리를 뻗고 앉아 있다가 책을 손에 집어 드는 순간을 이 녀석은 결코 놓치지 않는다. 제가 가장 좋아하는 장면의 하나인 것이다. 내 얼굴 구석구석과 내가 손에 든 책의 모서리를 페로몬 범벅으로 만들어놓고 뿌듯해진 녀석은 내 허벅지 위에 오물조물 자리를 잡고 앉아 꼬리를 살랑살랑 흔들며 털을 고르다가 이윽고 두 앞다리를 앞으로 쭉 뻗은 채 고개를 내 두 종아리 사이에 파묻고 꿀잠을 잔다. 그러면 나는 꼼짝할 수가 없다. 펼쳐 들었던 책을 조용히 덮고 나서 나는 내 하반신에 자석처럼 철썩 붙어버린 털 짐승을 하릴없이 쓰다듬다가 때로는 까무룩 잠이 든다. 이러한 나날이 무한 반복된다.

읽지 않았거나 읽지 못한 책들에 둘러싸여 살면서도 끊임없이 책을 사들임으로써 읽지 않았거나 읽지 못한 책들의 수를 전혀 줄이지 못하는 사람들은 우리 주변에 아주 많다. 단지 그들은 그 사실을 좀처럼 드러내지 않기 때문에 쉽게 눈에 띄지 않는 것뿐이다. 나는 분명히 그럴 것이라고 생각한다. 왜냐하면 그런 사람들이 있다는 것을 내가 가진 몇몇 책들을 읽고 나서 알게 되었기 때문이다(내가 그 책들을 가지고 있지 않았더라면, 언젠가는 읽게 될 것이라 믿고 사들여 쟁여놓지 않았더라면, 어떻게 내가 그 책들을 읽고 지금 이런 글을 쓰고 있을 것인가). 어쨌거나 분명한 사실은, 집에 책이 점점 더 많이 쌓이는 것은 점점 더 읽지 않기 때문이라는 것이다. 왜 그런지 이러한 사실이 창피해질 때마다 나는 내 서재에 처박혀 있는 책들 가운데 우연히 꺼내 읽은 책에서 발견해낸 문장들을 음미하며 나의 부끄러움을 짐짓 별것 아닌 것이라 생각하면서 조금이라도 위안을 얻으려 애쓴다.

가장 먼저 떠올리게 되는 문장들은 역시 수집 대상으로서의 책에 대해 이야기할 때 빼놓을 수 없는 사람, 발터 벤야민이다. 그가 남긴 「나의 서재 공개」*라는 글을 아직 읽지 않았을 정도로 게으른 애서가가 있다면—그의 서재 어딘가에는 분명 이 글이 실린 벤야민의 책 『발터 벤야민의 문예이론』이 꽂혀 있을 것이다—나의 책은 잠시 접어두고 당장 찾아서 읽기를 권한다. 그래야 비로소 당신은 책을 서재에 가져다 놓기만 하고 펼쳐보지도 않는 것에 대해 누군가 힐난하거나 조롱할 때 제대로 받아칠 말을—비록 주워들은 것이기는 하겠지만—머릿속에 저장해둘 수 있을 것이기 때문이다.

그가 골수 수집가가 되는 것은 (…) 그가 책을 읽

---

* 원제는 'Ich packe meine Bibliothek aus'. 1931년에 잡지 《문학세계(Die literarische Welt)》에 발표되었고, 영어로 옮겨진(「Unpacking My Library」) 후 널리 읽히기 시작했다. 저술가, 독서가, 장서가로서 소년 시절 우연히 호르헤 루이스 보르헤스에게 책을 읽어주는 일을 하기도 했던 알베르토 망겔의 책 제목 'Packing My Library'(한국어판은 '서재를 떠나보내며')는 이 글의 제목에서 따온 것이다.

지 않기 때문에 그렇게 되는 것이다. (…) 다시 아나톨 프랑스의 말을 인용해 보자. 어느 날 그는 그의 서재를 보고 감탄하고는 의례 의무적으로 하는 물음, 즉 『당신은 이 책을 모두 읽었습니까?』라는 어느 속물의 물음에 대해 다음과 같이 대답하였다. 『아닙니다. 십분의 일도 읽지 못했습니다. 혹시 당신은 매일같이 세브르 도자기로 식사를 합니까?』*

시인, 소설가, 극작가이자 알 만한 사람은 다 아는 장서가 장정일은 벤야민의 글을 읽고, 미처 이 글을 읽지 못한 바쁜 독자들을 위해 어느 독후감에다 이토록 친절하고 자상하게 글의 핵심을 요약해 놓았다.

역설적이지만 책 수집가가 책을 읽게 되면, 책을 모을 수가 없다. 읽은 책만 서가에 꽂아두기로 한다면, 서가의 선반은 매년 겨우 한두 칸밖에 자라

---

* 발터 벤야민, 「나의 서재 공개」, 『발터 벤야민의 문예이론』, 반성완 옮김, 민음사, 2004, 33쪽. 이 책은 1983년에 초판이 발행되었다. 현재 14권까지 출간된 발터 벤야민 선집(도서출판 길)에는 「나의 서재 공개」가 어느 책에도 실려 있지 않다. 모쪼록 새로이 번역되기를 기대한다.

나지(?) 못할 것이다. 책 수집가는 책의 본래의 기능인 '읽기'(독서)와 다른 방법으로 책을 소유한다. 어떻게 보면, 읽기를 통한 책의 소유란 그야말로 거죽만의 것(실용적)일 수 있다.*

  젊은 시절의 김영하는 정말이지 멋진 글쟁이였다. 근래 텔레비전에 얼굴을 비추며 책과 독서 문화의 전도사로 젊은 독자들에게 각광을 받기 훨씬 전부터 그는 책이라는 사물에 대하여 남다른 통찰력을 수시로 보여주었던바, 책을 모아 서재에 쟁여둘 수 없어 동동걸음을 치는 이들의 마음을 대변하는 이토록 근사한 문장들을 일찌감치 남겼던 것이다.

  책의 정말 중요한 기능은 전시되는 것이다. 꽂혀 있는 것. 왕궁의 근위병처럼, 놀이동산의 꽃시계처럼, 책은 '거기' 있다는 것만으로도 훌륭히 기능하고 있다. 전시! 그것은 결과가 아니라 목적이며 숨겨진 (핵심) 기능이다. 대부분의 책은 자신의 전 생애를 책꽂이에서 보내고 그것으로 제 할 일을 마쳤

* 장정일, 『빌린 책, 산 책, 버린 책—장정일의 독서일기, 여덟 번째』, 56쪽.

다는 듯 의연하다.*

기를 쓰고 일을 하거나 가족과 함께하는 데 헌
신해도 모자랄 판에 곧바로 읽지도 않을 책, 그것
도 케케묵은 헌책 따위를 사들이느라 길에서 시간
을 흘려버리는 나를 본다면 누군가의, 아니 대부분
의 근면하고 성실한 사람들의 눈에 나의 그 시간은
애타도록 아까울 것이다. 그들의 기준에서 그것은
보람 있게 쓰이지 못하는 시간일 테니 말이다. 하지
만 우리가 쓰는 시간의 가치는 우리 모두가 서로 다
르게 생긴 것과 같이 저마다 다르다. 나에게 헌책을
사들이느라 들이는 시간은 거의 모든 사람들에게
이익을 가져다주지 못하지만—헌책방 주인에게는
약간 가져다준다—그렇다고 누구에게 손해를 끼치
지도 않는다. 이를테면 그것은 순한 시간이다. 오롯
이 나를 위한 시간이다. 하루하루 지날수록 점점 짧
아지는 인생에는 그런 시간도 있어야 하지 않을까.
나는 어차피 내가 사들여 가지고 있는 책을 다 읽지
못하고 죽을 것이다. 내가 나의 순한 시간을 포기하
지 않으면, 아니 포기한다 해도 이미 글러먹은 일이

* 김영하, 「책」, 『포스트잇』, 현대문학, 2002, 53쪽.

다. 다만 나는 사들이는 만큼 읽지 못하는 나 자신의 오래된 게으름이 자주 못마땅할 뿐이다.

서재는 반드시 우리가 읽은 책들로 구성되는 것이 아닙니다. 심지어는 언젠가 읽게 될 책들로 구성되는 것도 아니죠. 그렇습니다. 이 점을 명확하게 지적한 것은 아주 훌륭한 일이었죠. 서재란 우리가 읽을 수 있는 책들입니다. 혹은 그럴 가능성이 있는 책들이죠. 그것들을 영원히 못 읽는다 할지라도 말입니다.*

---

* 움베르토 에코, 장클로드 카리에르 대담, 장필리프 드 토낙 사회, 『책의 우주』, 312쪽. (카리에르의 발언.)

인천 – 아벨

곧바로 '아벨' 이야기를 하고 싶지만 아벨 이야기를 해보려는 이 글에서만큼은 부득이 잡설부터 늘어놓아야 할 듯싶다.

아이도 아니고 그렇다고 어른도 아닌 온전하지 못한 존재—이른바 청소년이라고 부르는—였던 시절을 떠올리면 그때를 포함하여 내가 스무 해 넘게 살았던 도시, 그러니까 항구도시 인천 곳곳의 풍경들이 마치 폴라로이드 카메라가 사진을 뱉어내듯 기억 속에서 하나둘 튀어나온다. 현재는 그 일대와 서울의 강남을 바로 잇는 지하철이 놓였을 만큼 부동산을 중심으로 괄목할 만한 개발이 진행되었지만, 인천의 서쪽 지역은 도시라는 말이 무색할 만큼 당시에는 황무지 혹은 미개지나 다름없었다. 지방에서 흘러든 적지 않은 도시빈민들이 평지에 집을 구하지 못해 낮은 산언덕에 주거지를 이루어 살았다. 유년기의 등하굣길에 나는 마을의 공동 우물과 한가로이 여물을 우물거리는 누렁소 옆을 지나다녔다. 도시계획의 청사진 자체가 변변찮아 그러했겠지만 인천은 수도에 딱 붙은 '직할시'치고는 전반적으로 무기력했고, 특히 내가 살았던 서구는 오랫동안 '세상의 끝'인 것처럼 느껴졌다.

구도심을 비롯하여 흔히 '시내'라고 불리던 몇

몇 상업지구들의 사정은 아무래도 나은 편이어서 중학교 고학년 무렵부터는 대체로 없이 사는 서쪽 동네 아이들도 틈만 나면 버스에 몸을 싣고 도시 속의 진짜 도회지로 진출하고는 했다. 그 무렵 나의 시내는 동인천—사실은 인천의 동쪽에 있지도 않은—이었다. '피카디리', '미림', '애관' 같은 이름이 붙은 극장들의 고풍스러운 그림 간판만 봐도 가슴이 콩닥거렸다. 보세 의류와 갖가지 잡화를 팔던 소위 '양키시장'—이곳에서는 진열된 옷을 여러 번 만지작거리거나 무심코 한번 걸쳤다가 사지 않으면 하나같이 험상궂게 생긴 주인들로부터 난폭한 말을 듣지 않을 도리가 없었다—같은 번화가의 골목골목을 몇 시간이고 싸돌아다녔다. 그 나이에는 그러는 것만으로도 기분이 고양되었다. 무엇보다도 시내에서는 내가 사는 서쪽의 동네에선 좀처럼 맡아본 적 없는 낯설고 매혹적인 냄새가 났다. 그것은 가난이 배어 있지 않은 냄새였다.

시내 유람에서 빠뜨려서는 안 되는 일은 대형 서점 방문이었다. 6층 건물 전체가 서점이었던 대한서림은 지금은 사라지고 없는 서울의 종로서적이 그러했듯 시민들의 대표적인 '만남의 장소'이기도 했다. 동네 책방과 달리 주인의 눈치를 보지 않아도 되었던—유니폼을 깔끔하게 차려입은 직원들이 돌아다니기는 했다—그곳에서는 무슨 책이든 마음껏 꺼내 구경할 수 있었다. 그러니까 상고머리 중학생들이 매장 한구석에 쭈그리고 앉아서 D. H. 로런스의 『채털리 부인의 연인』이나 헨리 밀러의 『북회귀선』 같은 책들을 뒤적거리며 자못 문제적인 장면을 탐색하는 데 열을 올려도 아무런 문제가 없었던 것이다.

비평준화 사립 고등학교에—우리 동네보다도 더 서쪽에 있었다—들어가자마자 나는 열등생이 되었다. 교실의 머릿수나 채우는 전혀 주목받지 못하는 존재가 되었음을 깨닫고 나니 학교 자체가 불쾌하고 역겨워졌다. 자연스럽게 나는 겉돌기 시작했다. 열등생이라는 신분은 금세 나에게 고착되었다. 얼마 지나지 않아 나는 호주머니 속에 '88 라이트'와 라이터를 갖고 다니게 되었다. 주말에는 동네에 하나뿐인 구립 도서관에서 가서 문학과지성사, 창작과비평사의 시집, 소설책을 빌려다 읽었다. 버릇처럼 버스를 타고 시내에 나가 무작정 걸어 다녔다. 미림극장—난생처음 혼자서 갔던 극장. 그날 이곳에서 본 개봉작은 젊디젊은 이선 호크와 줄리 델피가 출연한 리처드 링클레이터의 〈비포 선라이즈〉였

다—, 대한서림, 자유공원과 중국인 거리—알다시
피 소설가 오정희의 「중국인 거리」의 무대가 된 곳
들—등등. 집에 돌아오면 아직 그 이름을 기억하는
두 친구에게 밤늦도록 편지를 써 내려갔다. 그 무렵
에는 시내의 많은 주점들에서 미성년자에게도 술을
팔았다. 심지어 미성년자를 아르바이트생으로 쓰기
도 했다. 한번은 일대에서 아주 유명했던 술집에 큰
불이 나 9시 뉴스에도 보도되었다. 내 또래의 소년,
소녀 들이 어이없게도 술을 마시다가 죽었다. 앞날
에 무엇이 될지 알 수 없고, 사실인즉 무엇도 되고
싶지 않았던, 요컨대 그러했던 시절이었다.

　　음악 감상실—뮤직비디오를 보여주었으므
로 실은 시청실—'심지'는 동인천 길병원—인천 태
생 미술사가 우현 고유섭의 생가가 있던 자리—근
처 뒷골목 어느 빌딩 안에 있었다. 심지가 무슨 뜻
을 가진 말인지는 알아볼 생각이 없었고 지금도 여
전히 모른다. 그러거나 그곳은 내가 성인이 되기 전
까지 열등생으로서 우울하고 치욕적인 주변부의 삶
을 견뎌나가던 때 그 존재 자체만으로도 넉넉하고
아늑한 위로가 되어주고는 했다. 기억이 틀리지 않
는다면 4층은 팝, 5층은 록과 메탈이었다. 가물가
물하기는 한데 천 원짜리 두 장을 내면 음료와 입

장권을 주었고 그 입장권으로 두 개 층을 모두 이용할 수 있었다. 나는 무조건 5층으로 직행했다. 감상실 내부는 처음 방문한 사람이라면 자칫 넘어지거나 빈자리를 찾지 못할 정도로 깜깜했기 때문에 신청곡은 밖에서 종이쪽지에 적어가지고 들어가야 했다. 종이쪽지는 디제이 부스 앞에 놓인 바구니에 던져 넣었다. 엉덩이가 바닥에 닿을 듯 푹 꺼진 커다란 소파에 몸을 묻고 거의 눕다시피 앉으면 이내 록 스타들의 모습과 금속성 굉음 속으로 빨려 들어갔다. 심지에 가면 늘 신청했던 것은 너바나의 〈MTV Unplugged in New York〉 영상이었다. 전설이 된 커트 코베인의 유작. 〈Come As You Are〉, 〈The Man Who Sold the World〉, 〈Where Did You Sleep Last Night?〉……. 그 시절 그는 대체 불가능한 우상이었다. 어찌 나에게만 그러했겠는가. 요즘도 문득 생각이 나면 이 공연 실황을 틀어놓은 채 넋을 놓고 본다. 우상은 영원히 늙지 않는다.

심지에서 두어 시간을 보내고 나오면 고민할 것도 없이 나의 발걸음은 배다리*—오래전에는 그

---

* 배다리의 "역사·문화·공간"에 대해 알고 싶다면 『인천 배다리 시간, 장소, 사람들』, 이희환 엮음, 작가들, 2009가

곳까지 배가 드나들었던 사실을 짐작할 수 있는 이름—로 향했다. 동인천역 어귀에서 출발하여 이불, 한복, 유니폼, 잡화 등을 파는 작은 노포들이 줄지어 늘어선 골목길을 죽 따라 얼마간 걷다 보면 어느새 배다리 초입이었다. 당시에도 배다리는 인천 사람들에게 헌책방 골목을 가리키는 말이었다. 그곳에는 폭이 좁은 2차선 도로를 사이에 두고 고만고만한 헌책방들이 나란히 터를 잡고 있었다. 희한하게도 나는 언제 그곳을 처음 알게 되었는지, 언제부터 찾아가기 시작했는지 전혀 기억나지 않는다. 그저 과거의 어느 순간부터 나는 그곳에 있었다. 그리고 거기에는 아벨—정확한 상호는 아벨서점—이 있었다.

나에게 배다리는 곧 아벨을 가리키는 말이었다. 아벨의 서가 곳곳에서 레일이 달린 책장을 좌우로 밀며 목을 빼고 책을 구경할 때면 그 순간만큼은 나는 열등생이 아니라 감수성 예민한 문학소년일 뿐이었다. 그곳이야말로 밤마다 윤대녕의 첫 소설집 『은어낚시통신』 같은 책을 공책에 옮겨 적고는 했던** 진짜의 '나'에게 어울리는 공간이었다. 그러

큰 도움이 될 것이다.

므로 아벨은 한낱 헌책방에 그치지 않았다. 좀처럼 가난에서 벗어나지 못했던 부모님은 무슨 생각이었는지 책값만큼은 단 한 번도 내어주지 않은 적이 없었다. 나는 그들의 피땀이 밴 돈을 가지고 아벨에 가서 고심을 거듭하며 갖고 싶은 책을 골랐다. 나는 걷잡을 수 없이 문학에 빠져들었고 시에 사로잡혔다. 그리고 그 순간들만큼은 학교의 공포를 잊었다.

시간이 흘러 어른이 되었지만 여전히 나는 도시의 서쪽에서 벗어나지 못했다. 무슨 까닭인지 해가 지날수록 시내 또한 서서히 쇠락해갔다. 유동 인구가 줄어들자 뜨내기 상인들은 한시바삐 자리를 털고 나가기 시작했다. 상권이 주저앉기까지는 그리 오랜 시간이 걸리지 않았다.

어느 누가 신경이나 썼겠는가마는 배다리 역시 점점 쪼그라들었다. 책들을 빼고 간판을 내리는 헌책방들이 하나둘 늘어났다. 소년에서 청년이 되었지만 나는 전혀 푸르르지 않았다. 가끔은 나 자신이 이 가망 없는 도시와 닮았다는 생각에 몸서리치

** 『은어낚시통신』은 문학동네에서 1994년 출간되었다. 내가 필사했던 소설은 「January 9, 1993. 미아리통신」이었던 것으로 기억한다. 약 10년 뒤에 나는 문학동네에 편집자로 입사했다.

고는 했다.

그럼에도 아벨은 여전히 거기 있었고 나는 틈틈이 그곳에서 시간을 죽였다. 만만치 않은 삶을 살아왔음 직한 얼굴의 주인은 낯이 익었을 만한데도 좀체 친근감을 드러내는 일이 없었다. 그러거나 나는 그 편이 편했다. 다 읽은 책, 더는 갖고 있고 싶지 않은 책들은 싸 들고 가서 아벨에 팔았다. 입을 굳게 다문 주인은 미간을 모으고 신중히 매입가를 셈했다. 그 돈으로 나는 아직 읽지 못한 책, 갖고 싶은 책을 다시 아벨에서 샀다. 저물 무렵이면 그토록 쓸쓸히 어둠이 내려앉던 허전한 골목길. 집요한 불운에 발목 잡힌 듯 갑갑하기만 하던 청춘이었다. 군 복무를 마친 뒤 나는 얼마간 그 이전과 다른 사람이 되었다.

일단의 애서가들과 어울리던 시절, 언젠가 아벨에 갔다가 임종국이 편집한 『이상전집』(문성사, 1966)을 발견했다. 책갑에 담긴 그 책을 몇 번이나 들었다 놓았다 했는지 모르겠다. 그 무렵의 내가 감당하기에는 값이 꽤 나갔지 싶다. 시무룩해져 동네로 돌아오는 길에 가까이 지내던 애서가 친구에게 『이상전집』 이야기를 했었는가 보다. 몇 시간 뒤 친구에게서 전화가 왔다. 도서관—구직을 한답시고 날마다 죽치고 있던—앞에 와 있다는 것이었다. 나가 보니 친구 손에 책이 한 권 들려 있었다. 『이상전집』이었다. 내 이야기를 듣자마자 바로 아벨서점으로 달려갔던 것이다. 그새 누가 사 가버리면 어쩌나 싶어서. 그렇게 귀한 책을, 그보다 훨씬 더 귀한 마음을 지닌 친구한테서 받았지만 시간이 흐르며 모두 잊고 말았다. 그리고 아벨도. 막막했던 젊은 날의 한때와 그 무렵 만났던 사람들과의 일도 그 비슷한 것이 되어버렸다. 온 가족이 서울로 이사를 하면서 나는 영원히 벗어나지 못할 줄 알았던 '세상의 끝'에 안녕을 고했다.

몇몇 옛 친구들을 만나러 이따금 인천을 찾았다. 그럴 때마다 어떻게든 시간을 내서 배다리로 종종걸음을 놓았다. 그들마저 그곳을 떠나 뿔뿔이 흩어진 뒤로는 통학과 출퇴근을 하느라 두어 해를 매일같이 타고 다닌 지하철 1호선 국철에 몸을 싣고 그 영락한 도시를 찾을 일 또한 아예 없어지고 말았다.

언제부터인가 인천을 생각하면 아벨부터 떠오른다. "어느 헌책수집가의 세상 건너는 법"이라는 부제가 달린 옛 책*에서 저자는 배다리 헌책방 거리

* 조희봉, 『전작주의자의 꿈』, 함께읽는책, 2003.

로 순례를 떠난 이야기를 하며 인천이라는 도시를 "내 마음의 서부"라고 부른다. 더없이 근사한 그 말이 한편으로 가슴에 사무쳤던 것은 그토록 떠나오고 싶어 했던 그곳이 실은 나의 고향이나 다름없었기 때문이리라. 신도시니 재개발이니 하는 장밋빛 전망 따위와 한참 동떨어진, 아예 시간이 멈추어버린 것 같은 옛 도회의 변두리에 아벨과 같이 아름다운 헌책방이 있었다니. 그리고 지금도 아벨서점은 머나먼 '서부'에서 무던히, 묵묵히 제자리를 지키고 있다.

2012년 3월 31일 토요일 낮 3시, 배다리 헌책방 골목 어딘가에서는 아벨서점이 주최하는 시 낭송회가 있었던가 보다. 초청된 시인은 강은교. (그의 시집 『풀잎』에 실려 있는 「사랑법」*을 기억하는 독자가 적지 않을 것이다. 나 또한 몇 구절을 아직 외우고 있다.) 시인은 「아벨서점」이라는 시를 약 5분 만에 썼다고 한다. 이 시의 마지막 부분을 몇 번이고 읽어 본다.

---

* "떠나고 싶은 자/떠나게 하고/잠들고 싶은 자/잠들게 하고/그리고도 남는 시간은/침묵할 것"이라는 시구들로 시작된다. 『풀잎』은 민음사에서 1974년에 출간되었다.

아, 거길 아는가

꿈길이 벼랑의 속마음에 깃을 대고

가슴이 진자줏빛 오미자차처럼 끓고 있는 그곳을

남몰래 눈시울을 닦는, 너울대는 옷소매들을, 돛들을, 떠 있는 배들을

배들은 오늘 어딘가 아름다운 항구로 떠날 것이다.*

*   강은교, 『바리연가집』, 실천문학사, 2014, 9~10쪽.

조건들

걸핏하면 헌책방으로 기어드는 것이 일상에서 떼어 버릴 수 없는 오랜 버릇이기는 해도 그렇다고 내가 그곳에서 아무 책이나 마구 사들이는 것은 아니다. 지난날 헌책방을 드나들기 시작한 무렵에는 얼마간 그러했을 것이다. 말하자면 들입다 사들이기. 가장 좋아한 것은 문학, 인문, 예술 분야의 신간이었다. 어지간한 헌책방에는 출간된 지 얼마 안 된 도서들이 심심찮게 들어온다. 일부는 일반 판매자로부터 매입된 것들이고, 일부는—어쩌면 대다수는—출판사에서 개인이나 기관에 홍보용으로 증정되었으나 금세 효용이 다해 팔려 들어온 것이기도 하다 (후자의 경우 책을 판매한 사람은 아무래도 윤리적으로 출판사의 지탄을 피하기가 어렵다). 물론 신간 도서라고 해서 모두 읽을 만한 것은 아니지만 개중에는 정가를 주고 사서 볼 만한 책들도 섞여 있다. 그런 책들 가운데 뒤표지에 연필로 적힌 숫자—헌책방 주인이 새로 매겨놓은 가격—만 빼면 교보문고 같은 일반 서점의 판매대에 놓인 것과 다를 바 없이 깨끗한 책이 눈에 들어오는 경우 주저 없이 구입하고는 했다. 아무리 헌책방에 자주 들러도 헌책보다는 새책을 훨씬 더 많이 사들이기 마련이어서 주머니 사정이 언제나 넉넉지 않았던 것이다. 비단 신간이 아니더라도, 마치 전 소유자가 한 번도 들춰보지 않은 듯 전반적으로 상태가 양호하고 평소 관심을 둔 분야의 책이라면 구매하지 않을 도리가 없었다. 무엇보다도 책값이 정가의 절반 정도밖에 되지 않았기 때문이다.

책을 싸게 살 수 있다는 것, 이는 사람들이 그나마—싸게 살 수 있는 책에도 아무 관심 없는 사람이 대다수이므로—온라인 중고서점을 포함해 헌책방을 찾는 가장 큰 이유다. (간혹 헌책방을 일종의 서브컬처 영역으로 여기는 듯 보이는 젊은이들—특히 커플—을 옆에서 구경하고는 한다. 이들의 공통점이라면 이 책 저 책의 제목을 큰 소리로 외치면서—이 책 우리 집에 있어!—시종일관 시시덕거리며 사진이나 찍어 댈 뿐 정작 한두 권이라도 책을 사지는 않는다는 것이다. 나는 이러한 광경을 헌책방뿐만 아니라 근래에 우후죽순으로 생겨난 작은 규모의 동네 책방들에서도 심심찮게 목격한 바 있다. 스코틀랜드에서 헌책방을 운영하는 숀 비텔의 『귀한 서점에 누추하신 분이』*에는 이들과 동일한 층위에 놓을 수 있는, 헌책방을 방문하는 다양한 인간 군상이 소개되어 있다.) 내가 틈만 생기면

* 이지민 옮김, 책세상, 2022.

헌책방을 들락거린 이유 가운데 하나도 분명 책값이 싸서였다(읽고 싶은 책은 많은데 돈은 늘 부족했다는 것). 심지어 이런 생각도 자주 했다. '바보들! 조금만 부지런을 떨면 제값 다 주지 않고도 얼마든 좋은 책을 살 수 있거늘!' 그런데 헌책방에서 보내는 시간이 점점 늘어나던 어느 때인가 새 책 같은 책을 싸게 사기 위해서가 아니라 좀 더 특별한 목적을 가지고 일삼아 헌책방에 드나드는 알다가도 모를 사람들이 있다는 것을 알게 되었다. 그들은 현시점에 일반 서점에서 구매할 수 없는, 그러니까 판(版)이 끊어져버린 책들만을 찾아다니는, 아니 그런 책들을 찾아 헤맨다고 말하는 것이 적절한 사람들이었다. 그들이 헌책방에서 절판본을 추적하고 수색하는 일련의 양태들을 주의 깊게 살펴보던 나는 자본주의사회의 소비자들이라면 누구나 열광하는 '싸고 좋은 물건'을 '켓(get)' 하는 일에서 더 이상은 예전 같은 짜릿함을 느끼지 못하게 되고 말았다. 헌책방에는 헌책방에서만 구할 수 있는 책들이 있었다. 그 책들이야말로 진정 귀한 책이었던 것이다. 그동안 새 책 같은 헌책을 사느라고 써낸 돈이 너무 아까웠다. 내가 헌책 추적자, 수색자 대열에 동참하기까지는 그리 오랜 시간이 걸리지 않았다.

온라인 중고서점이 등장하기 전까지는 일반 서점에서 더 이상 유통되지 않는 책을 구하려면 헌책방을 뒤지는 것 말고는 답이 없었다. 그런 책들이 가끔 모습을 드러내는 곳은 오로지 헌책방뿐이었다. 그러므로 갖고 싶은 절판본이 있으면 부지런히 발품을 팔아야 했다. 자기가 찾는 책이 있는지 주인에게 묻고—그래본들 "옜소!" 하며 그 책을 꺼내주는 기적 같은 일은 거의 일어나지 않지만—서가 전체를 이 잡듯이 뒤지다 보면 어쩌다 운 좋게 한두 권씩 손에 넣었다. 용의선상에 올라 있는 책들의 결코 짧지 않은 목록은—당연히 제목, 저자, 역자, 출판사의 이름이 포함된—따로 메모해둘 필요가 없을 정도로 언제나 머릿속에 또렷하게 저장되어 있었다. 서가를 샅샅이 훑고 있는 나의 홍채는 그저 스캐너일 뿐이었다.

한편으로 시도 때도 없이 헌책방에 잠복하는 생활을 하다 보니 책을 구매하는 것과 관련한 나름의 원칙과 기준을 갖게 되었다. 이는 요즘도 대체로 잘 지키고 있다. 첫째, 머릿속 리스트에 포함되어 있는 책만 산다. 이는 관심 분야의 책을 구하는 데 집중하고 충동구매를 방지하기 위한 것이다. 둘째, 일반 서점에서 유통되고 있는 책은 사지 않는다. 나의 수집 대상인 책은 기본적으로 절판본이다. 일반 서점에서 판매하는 책들은 대부분 도서관에서 빌려 읽을 수 있다. 더불어 좁아터진 서재와 항상 부족한 도서 구입 예산도 생각하지 않을 수 없다. 셋째, 내가 어림하는 적정가보다 비싼 책은 사지 않는다. 나는 온라인으로 헌책을 사는 일이 거의 없다. 그 까닭 중 하나는 온라인 중고서점에는 오로지 절판되었다는 이유로 상식 밖의 값을 매긴—물론 그들의 자유이기는 하지만—책을 매물로 올려놓는 판매자들이 득시글거리기 때문이다. 이 세 가지를 다중 필터로 삼아 나는 신중하게 책을 골라 사들인다.

최근에 도서관에서 빌려다가 읽은 시인 송승언의 『직업 전선』(봄날의책, 2022)에는 「고서 감정사」라는, 애서가라면 그냥 지나칠 수 없는 흥미로운 글이 실려 있다(책 뒤에 실린 부록을 보니 이 글은 저자가 리베카 롬니라는 희귀 고서 전문가를 생각하며 쓴 것이라고 한다). 이 글의 서술자는 종이책 전체가 고서 취급을 받는 미래의 불특정한 시대의 고서(종이책) 감정사들이다. 이들이 양질의 고서를 분류하는 기준은 아직은 종이책이 사라지지 않은 우리 시대 고서 감정사들의 그것과—당연하게도—별 차이가 없다. 또한 나 같은 사람이 헌책방에서 애타게 찾는 책들의 조건과도 크게 다르지 않다.

양질의 고서는 외관이 깨끗하고, 미적 완성도가 높고, 종이의 보존 상태가 양호하고, 전문가에게 작품성을 인정받은 것이어야 하고, 이런 조건들을 모두 갖춘 상태에서 구하기 어려운 것이어야 하고, 구하기 어려운 것이어야 한다는 조건까지 갖춘 상태에서 영향력을 가진 작가의 책 혹은 그 반대로 온전한 무명작가—현재의 유명세와 무관—의 책이어야 한다. 마지막 조건에서 언급하는 '무명작가의 책'은 이를테면 김소월의 『진달래꽃』 같은 것이라 할 수 있다. 『진달래꽃』은 1925년 매문사에서 김소월의 스승 김억이 자비로 소량을 출판했다. 현재 소장처가 확인된 2종(한성도서주식회사 총판본과 중앙서림 총판본) 네 점은 모두 국가등록문화재로 지정되었다. 외국으로 눈을 돌리면 허먼 멜빌의 『모비 딕』도 이러한 조건에 부합하는 책이 될 듯싶다. 자신이 걸작을 썼다고 믿어 의심치 않았던—그 믿음은 불행하게도 그의 사후에야 옳은 것이었음이 증명되었다—멜빌의 『모비 딕』은 그가 죽을 때까지 단 3715부밖에 팔리지 않았다.* 그 넓디넓은 땅덩어리에서 고작 3715부. 말년에 멜빌은 뉴욕시의 책으로 둘러싸인 어느 어두운 방에 틀어박혀 살다가 고독하게 죽었다. 짐작하건대 『모비 딕』 초판본의 상당수는 유실되었을 것이다.

그럼 나는 헌책방에서 도대체 어떤 책을 사는가? 먼저 한국 근현대 작가들의 책을 산다. 물론 몇 가지 조건이 따라붙는다. 대전제는 역시 절판된 책이어야 한다는 것이다. 그리고 내가 모르거나, 알아도 다양한 이유로 관심 밖에 있는 이들의 책은 제외한다. 그런 책들까지 살 여유가 없기 때문이다. 그러니까 나는 내가 잘 알면서 관심을 두고 있는 한국 근현대 작가들의 시집, 소설집, 장편소설, 산문집, 평론집, 연구서 가운데서 오래되고 드물며 상태가 양호하고 과도하지 않게 가격이 매겨져 있는 책들을 구매한다. 시중에 많은 판본이 유통되고 있는 책의 원본, 즉 오리지널리티가 있는 책을 가장 좋아한다. (근래에 '초판본'이라는 말이 제목에 붙어 출간되는 우리나라와 서양의 문학작품들—대부분 고전 중의 고전—을 자주 보게 된다. 대부분 원본의 디자인을 1차원적으로 흉내 낸 조악하기 짝이 없는 그런 책들을 보면 대번에 눈살을 찌푸리게 되지만—그 비즈니스 아

* 너새니얼 필브릭, 『사악한 책, 모비 딕』, 홍한별 옮김, 교유서가, 2020, 15쪽.

이디어와 마케팅 전략까지 백안시할 생각은 전혀 없다—그러한 책들이 젊은 독자들의 비범한 반응을 이끌어내는 것을 보면 '초판본'이라는 말 자체가 책이라는 사물에 대한 모종의 소장 욕구를 부추기는 것만은 확실하지 않나 싶다. 한편 영인본인 '초간희귀 한국현대시 원본전집'(문학사상사, 1975), 그리고 이 전집의 기술적 미비점을 보완한 '한국 대표 시인 초간본 총서'(열린책들, 2004) 등은 훌륭한 복각 사례라 할 만하다.) 이러한 문학서 이외에 내가 사들이는 책들은 도서, 독서, 편집, 인쇄 등에 관한 단행본, 잡지, 도록, 팸플릿 등이다. 편집자로 일하면서 출판문화에 대한 관심이 커져 수집하게 된 책들이다. 미술, 예술 분야의 정기간행물—특히 『간송문화』—, 도록, 화집, 사진집 가운데서 소장 가치가 있어 보이는 것은 바로바로 구매한다.

반면 내가 어지간하면 사지 않는 책이 있는데 그것은 분야와 상관없이 번역서다. 지극히 개인적으로 좋아하는 외국 문학작품의 국내 최초 번역본*, 혹

---

* 파트리크 모디아노, 『어두운 상점들의 거리』, 김화영 옮김, 두레, 1978. 조지 R. 기싱, 『헨리 라이크로프트의 사록 (私錄)』, 박규환 옮김, 정음사, 1979(중판. 초판은 1977).

은 우리나라 문인, 학자 들이 1940~1960년대에 번역한 동서양 고전*, 그 밖에 최재서가 옮긴 셰익스피어의 『햄릿』(연희춘추사, 1954), 박목월이 릴케의 산문과 시를 가려 뽑아 옮긴 『문학을 지망하는 청년에게』(범조사, 1955), 양주동이 엮고 옮긴 『영시백선』(탐구당, 1958), 김병철이 옮긴 트루먼 커포티의 『초금(The Grass Harp)』(양문사, 1959) 같은 책들은 여느 번역서들과는 다르기에 사들인 것들이다. 하지만 대체로 출판과 문화 예술의 차원에서 의미가 있다고 판단되는 책이―이를테면 불과 37세에 작고한 영화감독 하길종이 처음 번역한 스티븐 킹의 출세작 『캐리』(한진출판사, 1978)**―아니면 절판본이라 해도 번역서에는 별다른 관심을 두지 않는다. 이

---

* 김억과 양주동이 각각 백낙천의 시와 『시경』에서 가려 뽑은 시를 옮긴 『지나명시선』, 한성도서주식회사, 1944.

** 이 외 하길종이 번역한 책으로는 켄 키시의 『뻐꾸기 둥지 위로 날아간 새』(한진출판사, 1972), 윌리엄 피터 블래티의 『엑소시스트』(범우사, 1974)와 『무당』(범우사, 1977. 『엑소시스트』와 같은 책이다), 어윈 쇼의 『야망의 계절』(한국경영개발원, 1976), 앨릭스 헤일리의 『뿌리』(한진출판사, 1977), 조지 루커스의 『스타 워즈』(예조각, 1978), 스티븐 스필버그의 『미지와의 만남』(한진출판사, 1979) 등이 있다. 모두 영화화된 작품들이다.

유는 단순하다. 읽힐 만한 가치가 있는 책들은 끊임없이 다시, 새로 번역되기 때문이다. 예외가 없지 않겠지만—애서가들의 말을 들어보면 단테의 『신곡』은 전공자들이 옮긴 책이 여러 종 있으나 하나같이 1960년 을유문화사에서 처음 펴낸 최민순 신부의 우리말 번역본을 뛰어넘지 못한다고 한다—새로운 번역본은 이전 번역본들의 훌륭한 대체재가 되는 경우가 많다. 최근의 번역본을 제쳐두고 굳이 과거의 언어로 번역된 책을 읽을 이유는 없다. 언어는 시간이 갈수록 새로워지기 마련이다. 헌책방에서는 양호한 대체재가 존재하는 과거의 낡은 번역서들을 흔하게 볼 수 있다. 각별한 까닭이 있어 소장하려는 것이 아니라면 대부분은 외면하고 만다. 신판이 출간되면 구판은 야금야금 헌책방으로 흘러든다. 절판된 책이더라도 내가 번역서에 좀처럼 손이 가지 않는 사정이다.

내가 사뭇 열의를 갖고 사 모으는 책들 가운데는 이른바 '동인지(同人誌)'가 있다. 특히 시 동인지. (아주 오래된 일이지만 가슴 뜨겁게 시 습작을 하던 때가 있었다. 그 무렵 특히 문학과지성사의 시집들을 품에 끼고 살았다.) 1980, 1990년대에 일단의 젊은 시인들이 정기적으로 동인지를 펴냈다. 문학 공부를 하면서 이러한 사실을 알게 되었다. 대표적인 동인지는 바로 『시운동』이다(그보다 뒤에 나오기 시작한 동인지로는 『21세기전망』과 『시힘』이 있다). 아는 사람은 다 알겠지만 베스트셀러 작가 류시화(본명 안재찬)가 이 시운동의 동인이었다. 남진우, 이문재, 장정일, 황인숙 등 한국 현대 시단에 유의미한 족적을 남긴 시인들 가운데는 과거 시운동 동인이 여럿 있다. 『시운동』은 장석주가 운영하던 출판사 청하에서 가장 많이 출간되었다. 나는 헌책방에서 『시운동』이 보일 때마다 앞뒤 가리지 않고 사들여 짝을 맞춰나갔다(아직도 다 맞추지 못했다). 『21세기전망』과 『시힘』도 눈에 띄는 족족 사들였다. 이제는 쉽게 구할 수 없는 책들이기 때문이다. 말하자면 나는 이런 책들과의 만남을 기대하며 헌책방에 다니는 것이라 할 수 있다.

그런데 내가 '시운동'이라는 동인에 대해 비상한 관심을 갖게 된 까닭은 따로 있었다. 그것은 시인 기형도 때문이었다. 문학청년들과 젊은 작가들에게는 일종의 통과의례와도 같은 존재인 기형도 역시 한때 시운동 동인으로 활동했음을 언제인가 알게 되었다. 그가 시운동 동인이었던 시절에 출간된 『시운동』이 있을 터였다. 그 책에는 기형도의 시가 실려 있을 것이고. 그러자 나는 그 책을 꼭 구해서 갖고 싶었다. 기형도는 자신의 시집 『입속의 검은 잎』을—알다시피 그것은 유고 시집이다—보지 못했다. 그러나 『시운동』이라면 다르다. 그것은 그가 생전에 자신의 시가 인쇄된 페이지를 찾아 펼쳐 들었음 직한 책이다. 하지만 그러한 책을—대학 도서관 같은 곳 말고—도대체 어디에서 구할 수 있다는 말인가? 역시 헌책방 말고는 답이 없었다.

오랫동안 찾아 헤맨 끝에 거짓말처럼 눈앞에 나타난 그 책의 빛바랜 푸른색 표지에는 '시운동 8-1 언어공학'이라는 제목이 인쇄되어 있었다. (아직 구하지 못한 『시운동 8-2』에는 평론, 서평, 희곡—장정일의 「母子」—, 외국 작가, 이론가 들의 글이 실려 있음을 이 책의 차례에서 확인할 수 있다.) 별다른 기대 없이 들렀던 어느 헌책방에서 발견한 것이었다. 이 책에는 기형도 외에 남진우, 박기영—장정일과 2인 시집 『뿔 아침』을 냈다. 장정일은 그를 자신의 시 스승이라 말했다—, 소설가로 더 유명했던 박상우, 그리고 이문재, 장정일, 하재봉—영화평론가로도 활동했다. 현재 합정에서 카페 겸 주점을 운영 중—, 한기찬—훗날 번역가로 활동—, 그리고 황인숙 등의 시가 실려 있었다. 사실 이 책은 황인숙이 누군가에게 증정한 책이었다(면지에 두 사람의 이름이 적혀 있는데 악필에 가깝다). 여기에 수록된 기형도의 시는 「위험한 가계 1969」, 「집시의 시집」, 「조치원」, 「바람은 그대 쪽으로」 등이다. 1986년 7월에 출간된 책으로, 이 외에 기형도의 시가 수록된 『시운동』 책자가 더 있는지 나로서는 알 길이 없다. 이 책이 헌책방에 흘러든 까닭도 얼마간 궁금하지만 영영 알지 못한다 해도 그러려니 할 듯싶다. 몇 해 전에 일이 있어 경기도 광명에 갔다가 잠시 기형도문학관에 들렀다. 기형도의 유품과 여러 책들이 전시되어 있었는데 이 책은 보이지 않았다(수장 물품 전부가 항시 전시되는 것은 아닐 테니 따로 보관되어 있을지도 모를 일이다). 그러거나 나는 이 책을 보배처럼—기형도의 시를 좋아하는 나에게는 진실로 그러한 책이다—고이 간직하고 있다.

기형도는 대학 시절—그의 유명한 시 제목이기도 하다—에 연세문학회라는 동아리에서 시를 썼다. 시인 정현종—「대학 시절」에 등장하는 "존경하는 교수"가 아닐까 싶은—이 지도 선생으로 있었던 곳이다. 어느 날 나는 한 헌책방의 서가에서 얄따란 팸플릿 같은 것을 발견했다. 표지에 인쇄된 제목은 '연세문학'. 그것은 1990년에 제작된 연세문학회의 동인지였다. 정현종, 성석제, 원재길, 오랫동안 『페이퍼』라는 잡지의 편집장으로 일했던 황경신, 그리고 당시 재학생들의 시가 실려 있었다. 책자 뒤에는 회원 명부가 보였는데—인권운동가 박래군의 이름을 발견했다—학번순으로 나열된 이름들을 쭉 훑어 내려갔지만 기형도의 이름은 없었다. 제작 연도로 보건대 기형도가 세상을 떠나고 나서 처음 발간한 것이 분명한 동인지였다. 나와 아무 관계도 없는 책자였지만 어쩌면 그리도 서운하던지.

나에게 헌책방은 기실 이러한 책들과 만날 수 있지 않을까 싶어 찾는 장소다. 이러한 발견 자체에 책 수집을 넘어서는 의미가 있다고 생각한다. 내가 발견하는 순간 고스란히 생명력을 다시 얻는 책, 누가 알아주든 말든 나만은 그 소중한 가치를 알기에 더없이 귀한 책, 내가 헌책방을 들락날락하는 까닭은 이러한 책들을 만나기 위해서다.

책은 책으로

막연히 나는 내가 공부하는 사람이 될 줄 알았다. 대학을 졸업하면 대학원에 들어가 현대문학을 파고들 작정이었다. 사실은 꿈같은 이야기였다. 대학원에 다니려면 매 학기 등록금이 필요했다. 부모님에게 손을 벌리지 않을 수 없었다. 프랑스 유학 중이던 동생이 체류하는 데 드는 비용을 대느라 부모님은 남의 교복 공장에서 하루 열서너 시간씩 일했다. 별을 보면서 출근해 별을 보면서 퇴근했다. 밥 지을 때와 화장실에 다녀올 때 말고 엄마는 미싱 앞을 떠나지 않았다. 종일 아이론을 손에서 놓지 못한 아버지는 새벽에 눈을 뜨면 뻣뻣하게 굳어 펴지지 않는 손가락부터 주물러야 했다. 나는 방학이 싫었다. 별다른 일이 없으면 부모가 그렇게 일하는 공장에 나가 적어도 한나절 다리미를 잡고 재봉된 옷감의 시접을 끝도 없이 눌러 펴야 했기 때문이다.

많이 배우지 못한 부모님은 나에게 대학을 졸업하면 무엇을 할 것이냐고 묻지 않았다. 몸이 부서져라 일해서 번 돈으로 보내놓은 대학이니 공부를 마치면 적어도 당신들에게 손 벌리는 일은 없지 않겠나 싶었을 것이다. 하지만 졸업을 앞둔 나는 사회에 나가기가 많이 두려웠다. 밥벌이에 대해 진지하게 생각해본 적이 없었던 까닭이다.

그 무렵 나는 입에서 단내가 나도록 일하는 초로의 부모님과 그들로서는 감당하기 어려울 것이 분명한 학비를 떠올리고는 했다. 공부를 하고 싶다는 나의 희망이 어쩌면 허깨비 같은 것은 아닐까 하는 회의에 사로잡힐 때가 많았다. 나의 가정이 물질적으로 풍요롭지 않다는 사실에는 무덤덤할 때가 많았지만 학업을 향한 열정을 끝내 확신할 수 없었던 나 자신에게는 크게 실망하고 말았다. 한동안 나는 그 좌절감에서 벗어나지 못했다.

부랴부랴 공인 영어 점수를 만들고 자기소개서를 꾸미면서 구직 시장을 전전했다. 그러나 나를 불러주는 회사는 거의 없었다. 운 좋게 강남 한복판에 있던 굴지의 보일러 회사—지금 사는 집에서 이 회사의 보일러를 사용하고 있다—홍보팀에서 일하게 되었지만 정장에 넥타이 차림으로 출근해 시시콜콜한 사내 교육을 받던 연수 기간 중 그만두어버렸다. 그리고 그길로 백수가 되었다. 취업 준비를 한다는 핑계로 부모님이 일하는 공장에도 발길을 끊고 동네 도서관에 나가 빈둥빈둥 소일했다. 한번은 발기 부전 치료제로 유명한 어느 외국계 제약 회사의 인사 담당자들과 점심 식사를 하면서 면접을 치렀다. 다른 지원자들 여럿과 함께한 자리였다. 몇

마디 섞어보더니 그들은 나를 대놓고 조롱했다. 당신은 도대체 지금껏 살면서 한 게 뭡니까. (그래봐야 채 30년도 살지 않았던 나에게!) 나는 마치 빠삐용이 된 것 같았다. 잠시나마 빛날 때가 없지 않았던 나의 청춘은 그렇게 끝나버린 듯했다.

그로부터 얼마 뒤에 나는 출판 편집자가 되었다. 알량하나마 사회생활을 시작했다. 전혀 행복하지 않았다. 내가 꿈꾸었던 삶으로 다시는 돌아갈 길이 없어 보였다. 그때까지도 마음 한구석에는 공부하는 삶에 대한 열망이 잉걸불처럼 남아 있었다. 그 고집 센 열망을 추동한 것은 다름 아닌 책이었다. 책은 가뜩이나 어수선한 나의 마음을 제멋대로 들쑤시고 헤집어놓을 때가 많았다. 책 속에 존재하는 낯선 세계에 대한 동경, 공감과 합일의 충만함이 문학이라는 헛것으로 나를 이끌었다.

그 시절 내가 홀렸던 책들 가운데 하나는 김화영의 『행복의 충격』*이다. 말하기 조금은 낯간지

---

* 이 책은 김화영의 첫 저서다. 1975년 민음사에서 '오늘의 산문선집'의 네 번째 책으로 출간되었다('오늘의 산문선집'은 소설가 김승옥이 장정했다). 그 뒤 1982년에는 판형과 제목을 바꾸어 같은 출판사에서 단행본으로 다시 출간했다(제목은 '지중해, 내 푸른 영혼'이다). 1989년에는 출판사

럽지만 어쩔 수가 없다. 『행복의 충격』은 말 그대로 내 청춘의 책이다. 생각지도 못한 팍팍하고 막막한 현실로부터 그만 도망쳐 사라져버리고 싶을 때마다, 문학이라는 성(城)에 들어가 꼭꼭 숨고 싶을 때마다 나는 『행복의 충격』을 펼쳐 들었다. 갈피갈피에서 내가 아직 가보지 못한, 어쩌면 끝내 가볼 수 없을지도 모르는 낯선 이름을 가진 이국의 길이며 바다며 들판의 냄새가 나는 듯했다. 이 책을 펼칠 때면 언제나 귀하디귀한 젊음의 나날을 고스란히 문학에 바치고야 마는 어느 새파란 젊은이의 지순한 사랑이 제발 끝나지 않기를 바라마지않았다. 발이 닳도록 헌책방을 드나들며 구해다 놓고는 그길로 잊어버리고는 했던 수많은 책들과 달리 『행복의 충격』은 오랫동안 손이 닿는 곳에 놓아두고 무시로 읽었더랬다. 헌책방에서 눈에 띌 때마다 사들여

가 책세상으로 바뀌었다. 이때의 제목은 '행복의 충격: 지중해, 내 푸른 영혼'으로 첫 판본과 두 번째 판본의 제목을 섞었다. 마지막 『행복의 충격』은 2012년 문학동네에서 출간되었다. 나는 이 책들을 모두 가지고 있는데 민음사에서 나온 두 판본과 책세상에서 나온 판본은 모두 다음과 같은 헌사로 시작된다. 'A Barbara'. 이 헌사가 문학동네 판본에서만 빠졌다. 어찌 된 사연인지 궁금하다. 바르바라는 누구일까?

문학을 좋아하는 지인들에게 선물하기도 했다.

　이름난 학자, 평론가라도 좀처럼 쓰지 않는 글이 바로 에세이다. 짐작하건대 아마도 논문이나 비평만큼 쓸 자신이 없어서일 것이다. 알베르 카뮈 연구에서 금자탑을 쌓은 불문학자이자 이제는 한국 문단의 원로 문학평론가인 김화영은 본래 시인이었고 한편으로는 빼어난 에세이스트이기도 했다. 그는 젊은 시절부터 『행복의 충격』(『지중해, 내 푸른 영혼』)을 비롯해 『프레베르여, 안녕』(문장*, 1980), 『예술의 성』(열화당, 1980), 『공간에 관한 노트』(나남, 1987), 『한눈팔기와 글쓰기』(나남, 1998) 등 여러 권의 산문집을 펴냈다. 그러나 나는 그러한 책들이 모조리 절판되어 일반 서점에서는 구할 수 없지만 일부는 아직 세상에 남아 있다는 것을 알았다. 책방을 드나들 때마다 그의 책을 찾느라 눈에 불을 밝히고는 했다. 그리고 오랜 시간에 걸쳐 한 권 두 권 구하여 차곡차곡 모아두었다.

　김화영의 산문집 『바람을 담는 집』(문학동네, 1996)에는 「시와 침묵」이라는 짤막한 글이 실려 있다. 그는 어떤 출판사의 사장실에 앉아 있다. 그리

---

　* 문장은 시인 오규원이 운영했던 출판사다.

고 사장과 한 시인이 마주 앉아 나누는 대화를 옆에서 듣는다. 넘겨받은 원고들만 가지고는 시집 한 권을 묶기에 부족하니 전에 낸 시집에서 몇 편 뽑아다 붙이면 어떻겠느냐고 제안하는 사장에게 시인은 곤란하다고 말한다. 그럼 당신이 좋아하는 H 시인에게 해설을 부탁해 붙이거나 시에 대한 당신의 생각을 정리한 글을 실으면 어떻겠냐는 제안에도 시인의 반응은 뜨뜻미지근할 뿐이다. 시를 좀 더 쓸 생각은 없느냐는 물음에 시인은 잘하면 딱 한 편 더 쓸 수 있겠지만 그러고는 "쫑"이라며 입을 닫아버린다. 생뚱맞게도 얼마 뒤 그의 입에서 나온 말은 긴히 3000원 정도가 필요하다는 것. 사장은 봉투에 돈을 담아 그에게 건넨다. 그렇게 그날의 술값을 마련하여 사무실을 나서는 시인의 발걸음은 더없이 가볍다. 어느 날 김화영은 시집 한 권을 받아 든다. 고작 몇십 쪽밖에 안 되는 얇은 시집이다.

머리말도 없다. 판면보다 여백이 더 넓다. 짤막한 시편들이 얼마간 이어지다가 그 흔한 해설도 없이 책은 뚝 끝나버린다—쫑. 앞표지에는 시집의 제목인 아홉 글자가—누 군 가 나 에 게 물 었 다—큼지막하게 자리하고 있다. 뒤표지에는 시인이 좋아한 H 시인이리라 짐작되는 황동규의 글이 놓여 있다. 김화영에 따르면 이 시집은 "고전적인 적막함"과 "군더더기 없는 고독"을 품고 있다. 그는 자신이 이 시집을 좋아하는 이유를 밝히면서 「시와 침묵」을 마무리한다.

시의 세계로 들어갈 때는 떠들썩한 관광객들처럼 안내를 받아 들어가는 것이 아니라 혼자서, 그리고 저 침묵의 심연을 껑충 건너뛰어 들어서는 것임을, 시는 언어의 벼랑 끝에서 문득 마주치는 침묵의 충격임을 나에게 가르쳐주기 때문이다.*

『누군가 나에게 말했다』는 1982년에 민음사에서 출간되었다. 김화영이 「시와 침묵」에서 묘사한 출판사는 민음사, 그리고 사장은 고(故) 박맹호였을 터, 당연히 내가 이 글을 읽었을 때 이 시집은 절판된 상태였다. 시집이란 많이 팔리는 책이 아니다. 남녀노소 누구나 알 만한 유명 시인의 시집이 아니라면 대부분 때 이른 절판의 운명을 받아들이지 않을 수 없다.

* 김화영, 『바람을 담는 집』, 문학동네, 1996, 190쪽.

『누군가 나에게 말했다』는 김종삼*의 시집이

* 술은 다양한 방식으로 동서고금의 수많은 시인들을 괴롭혔으나 한편으로 그들에게는 이 세상에 술만 한 위로도 없었다. 시인 김종삼(1921~1984) 역시 술을 지나치게 많이 마셨다. 아마도 그는 얼른 돌아가려고 그토록 많이 마셨는지도 모르겠다. 그는 술을 마시다 사경을 헤매기도 하고 자살을 기도하기도 했다. 그러한 그가 남긴 시들은 어쩌면 그다지도 아름답다는 말인가. "잔뜩 지친 듯한 표정으로 그는 찻집에 들어왔다. 그리고는 의자에 앉자마자 드링크류의 약병 하나와 아마도 술 깨는 약이 분명한 알약들을 탁자 위에 늘어놓더니, 섬세하게 약병의 마개를 따고 알약을 하나씩 입에 털어넣었다. 그 전날 너무 술을 마셨다는 것이었다."(김현, 「김종삼을 찾아서」, 『시인을 찾아서』, 민음사, 1975, 38쪽. 이 글 중간에는 김승옥이 그린 김종삼의 얼굴이 실려 있다.) "그에게 그나마 위안을 준 것은 음악과 시였다. 그러나 그것이 주는 위안은 험악한 현실의 위압에 비하면 너무나도 순간적이고 유한한 것이었다. 결국 그의 유약한 내면은 술이 주는 몽롱한 도취에 젖어들게 되었고 그 종착지에는 간과 혈관이 파괴되는 육체의 파탄이 기다리고 있었다. 그래도 64세로 세상을 떠나는 날까지 230편이 넘는 시작품을 남겼고 그 작품들이 우리에게 위안을 주니 그가 이 세상에서 할 일은 다 한 것이라고 말해야 옳을 것 같다."(이숭원, 『김종삼의 시를 찾아서』, 태학사, 2015, 43쪽) "문단에서도 그의 기행은 잘 알려져 있다. 그가 술병 상태에서 잡지사나 출판사에 도깨비처럼 나타나면 그가 찾아간 사람은 군말 없이 얼마의 돈을 내놓는다. '선생님 병원에 가십시오' 하는 말도 하지

다. 나는 그 이름을 바로 기억해내지 못했다. 그러다가 예전에 어느 대학의 작은 강의실에서 문학을 공부하는 학생들과 같이 읽었던 시 「묵화(墨畫)」를 떠올리게 되었다. 「묵화」는 불과 여섯 행에 불과한 짧은 시이지만 그 여운은 이루 말할 수 없을 만큼 길게 남는다. 어린아이도 알아들을 수 있는 시어들로 쓰인, 산문으로 치면 딱 두 문장에 불과한 이 시가 문학청년 시절 내 마음에 일으킨 파문은 쉬이 잊을 수 없는 것이었다. 「묵화」를 쓴 사람이 바로 김종삼이었다.

「시와 침묵」에도 나오듯이 전에 출간된 김종삼의 시집—시 선집 『북 치는 소년』(민음사, 1979)을 가리키는 듯하다—은 거의 팔리지 않았던 모양이다. 그러거나 나는 「시와 침묵」을 읽은 뒤로 『누군가 나에게 물었다』를 찾아 한동안 헌책방을 떠돌아다녔다. 헌책방에 가면 이 시집부터 찾았다. 하지

만, 그는 그것으로 술을 사서 병째 들고 마신다. 어느 날은 길에서 우연히 아는 작가를 만났다. 걱정스럽다는 듯한 표정의 그녀에게 고개만 끄덕이고 돌아서다가 그는 아차 했다. '돈 좀 달라고 할걸.'"(강석경, 「시인 김종삼」, 『일하는 예술가들: 강석경의 인간탐구』, 열화당, 2018(개정증보판), 89쪽).

만 좀처럼 눈에 띄지 않았다. 파주에서 잠깐 영업을 하다가 문을 닫은 헌책방이 있는데 어느 날 저물녘 그곳에 들렀다가 무심코 훑어본 책장에 덩그러니 누워 있던 이 시집을 발견했다. 책을 들어 올리자 표지를 가득 메운 커다란 글자들이 눈앞에 펼쳐졌다. 누 군 가 나 에 게 물 었 다. 뒤표지에는 시인의 초상이 있었다. 황동규의 글은 이렇게 시작되었다. "한국의 가장 밝은 보헤미안 시인 김종삼은 이제 죽음 앞에서 날고 있다." (김종삼은 이 시집을 내고 얼마 지나지 않아 세상을 떠났다.) 앞 면지와 밑면에는 과거 소장자의 장서인이 찍혀 있었다. 책을 구입한 날짜와 자필 서명이 보였다. 책을 산 곳은 종로서적, 1982년 9월에 출간되자마자 구입한 것이었다. 당시 책값은 1500원. 시인이 출판사 사장에게 얻어 간 돈은 3000원. 21세기에 헌책방 주인이 나에게 이 책을 팔고 받은 돈은 5000원. 흠모해온 문학평론가의 에세이에 실린 짧은 글 한 편이 아니었다면, 그리고 그 글을 읽지 못했더라면 나는 이 예사롭지 않은 시집의 존재를 모르고 살았을 것이다.

그로부터 한참 시간이 흐른 뒤에 나는 "오 형! 책 구경하러 오시오. 좋은 책 많아" 하며 가끔 전화를 넣어주던 인심 좋은 헌책방 주인의 가게에 들렀다가 김종삼의 첫 개인 시집 『십이음계(十二音階)』(삼애사, 1969)를 발견했다. 까딱하면 망가질 듯 낡디낡은 그 책을 품에 안고 집으로 돌아와 책장을 넘겨보던 나는 「묵화」와 해후했다.

> 물먹는 소 목덜미에
> 할머니 손이 얹혀졌다.
> 이 하루도
> 함께 지났다고,
> 서로 발잔등이 부었다고,
> 서로 적막하다고,
> ―「묵화」 전문

과거에 어느 언론 매체에서 절판되는 책들과 복간되는 책들을 다룬 기획 기사*를 본 적이 있다. 그 기사를 읽으며 나는 문학평론가 신형철이 복간을 희망하는 책들의 목록을 알게 되었다. 그것은 시바타 쇼의 『그래도, 우리 젊은 날』**(훗날 『그래도

---

* 구둘래, 「가혹한 절판의 운명을 거부하라」, 《한겨레21》, 2008년 1월 24일.

** 독서일기에서 장정일이 이 책에 대한 언급한 적이 있다. "시바타 쇼오가 쓴 『그래도 우리들의 나날』(문학출판사,

우리의 나날』로 재출간), 잭 케루악의 『길 위에서』(훗
날 민음사에서 재출간), 마지막으로는 이세룡의 시집
『빵』, 『채플린의 마을』, 『종이로 만든 세상』 등이었
다. 시바타 쇼의 책은 이미 갖고 있었고, 잭 케루악
의 작품이 실린 세계전후문학전집(신구문화사) 미
국편은 헌책방에서 종종 보고는 했다. 다만 이세룡
이라는 시인의 이름은 낯설었다. 신형철은 이렇게
썼다. "김종삼의 시를 사랑하는 사람이라면 그의 시
가 애틋할 것이다. 평균 열 줄을 넘지 않는 짧은 시
들이 주는 맑고 슬픈 여운들. 이 시인은 지금 어디
서 무엇을 하고 있는지."

　내가 아는 신형철은 시를 매우 잘 읽고 시에
대한 글 또한 특출하게 써내는 사람이었다. 나는 그
러한 사람인 그가 언급한 시집들을 읽고 싶었고 그
다음에는 꼭 갖고 싶었다. 시인 이세룡은 고등학교
에서 인쇄를 공부했고 출판사의 편집장으로 일했으
며 시나리오를 쓰면서 영화를 만들었다. 나는 그의

1980)은 일본 작가가 쓴 것이지만 그 유의 소설로는 가장
빼어난 것이었다는 사실을 밝혀둔다. 나는 『그래도 우리
들의 나날』을 읽고 밤새워 원고지 40매 분량의 독후감을
썼던, 뜨겁고 서늘했던 91년도의 어느 봄밤을 잊지 못한
다." 장정일, 『장정일의 독서일기』, 219~220쪽.

시집들을 찾아 헌책방을 떠돌았으나 도저히 구하지 못했다(한 권 한 권 모아 지금은 모두 가지고 있다). 어느 날 나는 나를 "오 형!" 하고 부르던 예의 헌책방 주인의 가게에 들렀다. 소설가이자 번역가인 이윤기, 시인 최승자를 비롯해 여러 이름난 작가들이 손수 서명하여 누군가에게 증정한 수십 권의 책들이 종이 박스에 담겨 있었다. 모두 한 사람이 갖고 있던 책들이었다. 그의 이름은 이세룡. 그 책들이 어쩌다 그리되었는지 나는 여전히 알지 못한다. 이세룡은 2020년 3월 별세했다. 향년 73세.

헌책은 헌책일 뿐

지난날 나는 오랫동안 여러 출판사에서 편집자로 일했다. 그 가운데 몇 년간은 혼자서 운영하는 출판사의 발행인으로 살기도 했다. 이제는 일일이 꼽아볼 일이 없기도 하지만 출판계에서 일한 세월이 세월이니만큼 어지간히 많은 책들을 내 손으로 만들었고 몇 종은 나의 회사에서 펴내기도 했다. 짐작하건대 세상에 나오는 모든 책들에 투영되어 있는 희망은 크게 두 가지다. 하나는 좋은—읽을 만한 가치가 있는—책이라는 세간의 평판을 얻는 것이고, 또 하나는 팔리는 책이 되는 것이다. 다행인지 불행인지 모르겠으나 현실을 말하자면 세상에 나오는 거의 모든 책들은 좋은 책이라는 평판을 얻지도, 팔리는 책이 되지도 못한다. 그러기는커녕 책이라는 재화는 그 존재 자체가 사람들의 관심사에서 한참 동떨어져 있는바 지금 우리가 사는 세상에서, 그리고 앞으로 다가올 세상에서도 그 위상이 지금과 별반 다르지 않을 듯하다.

책은 금세 잊힌다. 오래된 책은 말할 것도 없고 새로운 책조차 잠시 기억해둘 틈도 주지 않은 채 금세 잊히고 만다. 그리고 잊힌 책들은 흩어진다. 우리가 잘 알거나 아니면 전혀 알지 못하는 장소들로. 어딘가에 정착한 책들은 곧 수면에 빠진다. 그것은 죽음과 비슷한 잠이다. 언제 깨어날지 알 수 없는데 때로는 안타깝게도 아예 깨어나지 못하기도 한다. 그러나 이는 잊힌 책들이 흘러드는 세계에서는 그다지 특별한 것 없는 일이다. 한편 잊힌 책들 중 일부는 방랑자처럼, 뜨내기처럼 이곳저곳을 떠돌기도 한다. 이러한 유전(流轉) 또한 세상에서 금전을 매개로 거래되는 수많은 재화들이 시장의 뒷골목에서 맞이하는 대수롭지 않은 운명 가운데 하나일 뿐이다. 많은 책들이 그 내재적 가치를 잃고 그저 재생을 위한 종이 뭉치로 전락하여 고유의 형태를 잃어버릴 때까지 이러한 숙명을 감내한다.

　　과거에 내가 손수 편집한 책들, 그리고 적지 않은 비용을 들여 발행한 책들 역시 대부분 좋은 책이라는 평판을 얻지도, 팔리는 책이 되지도 못했다 (나는 성공한 편집자 혹은 발행인과는 거리가 먼 삶을 살았다). 그 책들은 그리고 잊혔다. 나는 가끔 그 책들을 우연히 맞닥뜨리고는 한다. 날마다 다녀오는 도서관에서—그곳의 열람실들 가운데 한 곳에 죽치고 앉아서 남이 쓴 원고를 고치거나 나의 원고를 쓴다—나는 항상 이런저런 책을 대출하느라 바쁘다. 단행본 열람실 서가를 만보하다 보면 나는 내 이름이 편집자로서든 발행인으로서든 간기 면에 인쇄되어 있을 책들을 뜻하지 않게 마주치고는 한다. 종이의 색깔은 자연스레 바랬지만 사람의 손은 거의 타지 않은 듯 책과 책 사이에 끼어 있는 그 모습은 마치 미라 같아 보이기도 한다. 보존 상태가 매우 양호한. 가끔 나는 그것을 책장에서 살며시 빼내 표지를 물끄러미 내려다보고 책장을 후루룩 넘겨보기도 하지만 금세 제자리에 꽂아둔다. 보통은 나와 인연이 깊어 그 생김새가 낯익은 책의 등을 보게 되어도 대수롭지 않게 지나치고 만다. 이미 아플 만큼 아팠기—진짜로 아프다. 심장이—때문일 것이다. 남은 것은 그저 보기에 딱한 상흔뿐이다. 책을 만들고 펴내면서 겪어본바 책의 운명은 편집자나 발행인의 손에 달려 있지 않은 듯싶다. 책의 운명이란 나와 같은, 그러니까 자신이 출판에 대해 조금은 안다고 생각하는 사람들이 어떻게 손써볼 수 있는 그런 것이 전혀 아니다.

잊힌 책들의 묘지.* 나는 헌책방을 정의하는, 이보다 더 그럴싸한 표현을 알지 못한다. 헌책방이 묘지의 표상 혹은 이미지를 불러일으키는 것이 그

---

* 카를로스 루이스 사폰의 소설 『바람의 그림자(La Sombra Del Viento)』에 등장하는 고서점의 이름.

리 드문 일은 아닌 것 같다. 근래에 내가 읽은 어떤 책의 저자는 1980년대 초 방문했던 오스트리아 빈의 헌책방을 이렇게 회상하니 말이다. "그곳의 헌책방은 독자가 몸값을 치르고 자신을 해방시켜주길 수십 년 동안 기다리는 죽지 않은 책들을 위한 휴식처 혹은 지하 묘지처럼 보이기도 한다."* 언제나 헌책방을 가득 메우고 있는 책들을 하나로 꿰뚫을 수 있는 것은 그것들이 잊힌 물건이라는 사실뿐이다. 어느 순간 흩어지고 여기저기 떠돌다가 그 책들이 닿은 곳은 묘지다. 거기서 그것들은 잠을 잔다. 종종 심연과도 같은 잠을. 망각의 기억들로 가득한 헌책방이라는 공간에 맴도는 것은 나른한 잠의 냄새다. 그러나 한편으로 헌책방은 "아무도 기억하지 않는 책들, 시간 속에서 길을 잃은 책들이 언젠가는 새로운 독자, 새로운 영혼의 손에 닿길 기다리며 영원히 살고"** 있는 곳이기도 하다. 잊힌 책들이 마침내 도착한 그곳은 종착지이지만 어떤 손길이 그것들을 흔들어 깨우는 순간 그중 몇몇은 그

* 부르크하르트 슈피넨, 리네 호벤(그림), 『책에 바침』, 169쪽.
** 카를로스 루이스 사폰, 『바람의 그림자』, 정동섭 옮김, 문학동네, 2020, 16쪽.

곳을 기착지 삼아 새로운 운명을 향해 나아가려 잠을 털고 일어나기도 하는 것이다. 일터로 삼아 오가는 도서관에서 그러하듯이 나는 헌책방에서도 종종 내가 익히 아는—몸소 만들었거나 펴냈기에—책들과 만나고는 한다. 그 책들과의 해후가 그리 달갑다고 말하기는 뭐하다. 어쨌거나 그곳은 묘지이므로. 그러나 그렇다고 해서 그 책들이 맞이한 운명을 떠올리며 괴로워하는 일 또한 없다. 오히려 나는 그러한 책들 앞에서도 사실은 무덤덤하다. 그것들은 어쨌거나 헌책 아닌가.

　　과거에 내가 다녔던 출판사들에서는 발행인을 비롯하여 특히 예산을 집행하고 매출을 관리하는, 즉 돈과 관련된 일을 하는 임직원들은 회사에서 출간된 책들이 나온 지 얼마 되지도 않아 인터넷 중고 서점으로 흘러드는 사태에 대해 거의 증오에 가까운 분노를 표시했다. 이는 비단 내가 재직했던 출판사에서만 일어났던 일은 아닐 것이다. 그러한 일들의 이면에는 책을 거저 받는 사람들이—이를테면 기자, 교수, 서평가, 출판 인플루언서 등등—있었던 바, 회사에서는 자구책으로 어지간한 책들은 홍보용 증정본을 대폭 줄였고, 배본 이외의 목적으로 출고되는 모든 책에는 '증정' 혹은 '드림' 도장을 일일이 찍었으며, 간혹 내부자가 자사의 신간을 중고서점에 판매한 사실이 드러난 경우에는 가차 없이 해고하기도 했다. 잘 알려진 온라인 중고서점에서 신간 서적과 증정용 도서의 매입을 중지한 것은 이 같은 일련의 흐름과 궤를 같이한 결과가 아니었나 싶다. 전통적인 헌책방들에서 이러한 루트로 신간이 유통되는 것까지 막기는 어려웠겠으나 여하간 출판사와 온라인 중고서점이 적극적으로 내놓고 실행한 대책들은 얼마간 효과를 보았을 것이다.

고백하자면 과거에 나는 공짜로 얻은 책을 내다 팔기도 했고, 누군가 무상으로 얻었다가 내다 판 것으로 짐작되는 책을 사들이기도 했다. 내다 판 것은 대부분 묵을 대로 묵은 책들이었지만 사들인 것은 출간된 지 얼마 안 된 책일 때가 많았다. 법률에 저촉되는 것은 아닐지라도 윤리적 차원에서 알아서 자제해야 하는 일들이 우리의 일상 가까이에 존재한다는 사실을 아예 의식하지 못했다고는 말하기 어렵다. 그렇다 하여도 나는 예전에 재직했던 출판사에서 거저 얻은 많은 책들 가운데 나로서는 더 이상 가지고 있어야 할 이유가 없어 보이는 책들을 추려서—변명같이 들리겠지만 딱히 적(籍)이 없던 시절에—헌책방에 짊어지고 가고는 했다. (이에 대해 누군가 나를 비난한다 해도 충분히 그럴 만한 일이라 여길 것이다.) 내가 알기로 헌책방이라는 곳에는 짐작할 수 있는 이유가 아니라 오히려 짐작할 수 없는 이유로 흘러드는 책들이 훨씬 더 많았다. 그렇다 한들 그러한 이유들은 내가 헌책방에서 책을 사는 데 아무런 영향도 끼치지 않았다. 그러니까 나는 어쨌거나 헌책을 샀을 뿐이었다. 그것에 담겨 있는 전사(前事)까지 일일이 다 알아야 할 필요는 없었던 것이다. 헌책방에서 나는 그러한 생각으로 책을 샀기에 역시 그러한 생각으로 내가 거저 얻기는 했으나 그것이 팔아서는 안 되는 이유가 되지는 않으리라 여겨졌던 책들을 어지간히 내다 팔았다. 그러한 행위에는 자기검열 따위 거의 없었다.

솔직하게 말하자면—말을 하거나 글을 쓸 때 내가 절대로 사용하지 않는 표현이지만 왠지 이 문장은 이 고약하고 쓸데없는 군말로 시작하지 않으면 안 될 것 같다—나는 내가 편집을 했거나 발행했던 책을 헌책방에서 우연히 보게 되어도 덤덤히 그런가 보다 할 때가 많다. 형용하기 어려운 복잡한 감정에 휩싸인 적은 없다. 직업적으로 나와 비슷한 경험을 했다면 누군가는 이런 상황을 맞닥뜨렸을 때 치밀어 오르는 화를 애써 억누르거나 좀처럼 가라앉지 않는 서글픔을 달랬을지도 모르겠다. 그러나 나는 이제껏 그러한 심정을 가져본 적이 없고 아마 앞으로도 그러할 것이다. 얼마 전에는 합정역에 있는 알라딘 중고서점에 갔다가 드디어 내가 쓴 책을—나는 지난해에 첫 책을 냈다—맞닥뜨렸다. 과연 좋아해야 할 일인지는 모르겠으나 나의 책들은 방문객들이 앉아서 책을 읽을 수 있는 책상들 근처 눈에 잘 띄는 곳에 여러 유명 작가들의 책과 함께 표지가 보이도록 세워진 채로 놓여 있었다. 아마 나의 책은 앞으로 헌책방에서 더 자주 목격하게 될 것이다. 하지만 그렇다 한들 어쩌겠는가. 헌책이란 본디 그런 것임을.

　　나는 출판계에 몸담기 전부터, 그러니까 책을 만들거나 펴내는 직업을 갖기 훨씬 전부터 여기저기 헌책방에 드나들었다. 그곳들은 책과 관련한 나의 갖가지 감각들과 매우 가까이 닿아 있는 친밀한 공간이다. 내가 헌책방을 드나드는 데에는 그 어떤 부자연스러움도, 부자유스러움도 없다. 그런 면에서 보자면 출판사라는 공간과 그곳에서 이루어지는 일들은, 내가 그곳에 속해 있지 않은 지금 생각해도 늘 어렵고 골치 아프기만 했다.

　　요컨대 나는 헌책방에서 일상적으로 일어나는

일들에—누군가 내다 파는 책이 흘러들고, 누군가 사들이는 책이 흘러나가는—익숙한 사람이다. 세상 곳곳을 돌고 도는 책의 운명에 대해 편집자나 출판업자라는 직업을 갖기 전부터 얼마간은 알고 있었기에 나는 어떤 책들과 나의 관계 맺음이 충분히 특별하다고 여길 만하다 싶었던 순간에도 그 또한 세상의 무수한 책들이 저마다 누군가와 맺었던 관계의 특별함과 사실은 별다를 게 없으리라 여기고는 했다. 적어도 나에게는 그러한 또렷한 '감각'이 희미한 '윤리'보다 언제나 앞섰다.

　　냉정하게 말하자면—'솔직하게 말하자면'의 이란성 쌍둥이—헌책방이나 온라인 중고서점에서 우리가 목격하는 책들은 어떤 특별한 이유가 있어서가 아니라 이 세상의 거의 모든 책들이 타고나는 우울한 운명에서 벗어나지 못했기에, 어쩌면 그 운명을 순순히 받아들였으므로 그곳에 있게 된 것이 아닐까 싶다. 나에게는 유의미할지언정 이미 헌책이 되어버린 책들 또한 별반 다르지 않다고 생각한다. 밤하늘의 별만큼이나 많은 책들이 정말로 아무렇지도 않게 그러한 처지에 놓이고 마는바, 나는 나의 잊힌 책들이 도서관이나 헌책방에서 눈에 띄더라도 그저 못 본 체 스쳐 지나고는 한다. 그 책들에 그런 장소들에서까지 과도하게 의미를 부여하고 싶지 않다. 그것은 생각만으로도 우울한 일이다. 나에게 헌책은 모두가 헌책일 뿐이다. 이는 헌책을 폄하하는 말이 아니다. 오히려 어떤 헌책이든 그저 헌책일 뿐이라서 나는 그것을 사랑해마지않는다. 세상에서 잊혀버리고 오랜 잠에서 깨어나지 못할지라도 헌책에 대한 나의 사랑은 쉽사리 그치지 않을 것이다.

헌책의 값

헌책은 정가가 없다. 헌책 가격은 헌책방 주인이 자기 마음대로 정한다. 온라인에서 개인이 판매하는 중고 서적들도 마찬가지다. 보통 뒤표지나 간기 면에 인쇄되어 있는 정가는 헌책의 판매자와 구매자 모두에게 가끔 매매에 참고할 만한—혹은 전혀 참고가 될 리 없는—일종의 정보로서만 기능할 뿐이다. 일반적으로 헌책의 값은 정가보다 저렴하다. 하지만 예외가 없는 것도 아니다. 헌책 가격도 시장 원리—수요와 공급—에 따라 형성된다. 이른바 고서라 불리는 책들—물론 전근대의 필사본이나 목판본, 활자본은 제외—의 정가는 말하자면 책에 딸린 구경거리 같은 것이라 할 수 있다(정가가 '원'이 아니라 '환(圜)'으로 표기된 책들도 많다). 고서에 해당되지 않는 근래의 책들 가운데서도 상당수가 정가보다 비싸게—몇 배에서 몇십 배까지—거래되고는 한다. 일정한 수요가 있지만 절판이 되는 바람에—공급이 더 이상 늘지 않는다—제값에 구입할 수 없는 책들이다. 온라인 중고서점에서 책을 파는 개인이나 사업체의 판매 도서 목록을 일별하면 이러한 책들을 적잖이 볼 수 있다.

애서가들 사이에서 구하기 어렵다고 소문난 절판본들은 하나같이 비싸다. 발품을 팔면 훨씬 더

싼 값에 구입할 수 있을 것 같지만, 이 또한 오래전의 이야기일 뿐 요즘은 그러기 쉽지 않다. 대다수 헌책방이 알라딘 등의 플랫폼을 이용해 온라인 영업을 병행하고 있다. 이는 단순히 구하는 책을 사기 위해서라면 발품을 팔고 시간을 들여가며 굳이 점포까지 갈 필요가 없다는 뜻이다. 물론 절판본도 마찬가지다. 웬만하면 온라인에서 시세까지 모두 확인할 수 있기 때문이다. 그러거나 개인 판매자들이 오로지 절판본이라는 이유로 터무니없는 가격에 매물로 올려놓은 책들을 구경하다 보면 씁쓸할 때가 많다. 이제 희귀본을 합리적인 가격에 구하기란 거의 불가능하다. 그런 까닭에서인지 헌책방에는 언제나 손님이 별로 없다. 듣자하니 임대료 부담 때문에 점포를 처분한 뒤 변두리의 값싼 창고를 구해 책을 처박아놓고 온라인으로만 영업하는 헌책방이 부지기수다. 헌책을 찾는 사람들은, 과거에는 헌책방의 문화적 가치와 그 공간에서만 누릴 수 있는 소박하고 다양한 즐거움을 예찬하는 열성적인 순례자들이었지만, 이제 그들은 대부분—물론 아직도 헌책을 구경하고 사들이는 일 자체는 좋아한다는 전제하에—터치나 클릭을 하고 있다. 원하는 책을 구경하고 사들이는 데는 손가락 하나둘이면 충분하다.

나는 예전에 울며 겨자 먹기로 인터넷 중고서점에서 몇몇 책들을 비싸게 구입한 적이 있다. 그 가운데 하나가 소설가 김경욱의 첫 책―장편소설―『아크로폴리스』(세계사, 1995)다. 베를린장벽이 무너질 무렵 대학에 들어간 주인공의 방황과 고뇌를 그린, 지극히 자전적이고 더없이 감상적인 성장소설이라 할 수 있는데 하루하루 눈뜨는 게 죽기보다 싫었던 십대 후반에 여러 번 읽었던 기억이 나서―그때 사서 읽었던 『아크로폴리스』는 어디로 갔는가―언젠가는 내가 즐겨 찾는 헌책방에서―이곳에서는 터무니없이 비싼 가격에 사지 않을 수 있으리라는 확신을 갖고―조우하게 되기를 꽤 오랫동안 고대했지만 안타깝게도 그 만남은 끝내 이루어지지 않았다. 그도 그럴 것이 갓 등단한 어린 작가―이때 김경욱은 스물네 살이었다―의 첫 책을 찍어봐야 얼마나 찍었겠는가. 무슨 일념 때문이었는지 나는 2017년에 기어이 이 책을 한 온라인 중고서점에서 개인 판매자로부터 27500원에 사고 말았다. 출간 당시 정가는 5500원. 그리고 2023년 현재 같은 온라인 중고서점에서 검색을 통해 확인해보니 약 5000원이면 바로 구매할 수 있다. 사실인즉 이런 일들을 몇 번 겪고 나서부터 나는 내가 어림하기에 지나치게 비싸다 싶은 헌책들은—특히 온라인에서—대부분 거들떠보지도 않게 되었다.

　나에게는 "부족 방언의 요술사"(유종호)라 불리는 미당 서정주의 시집이 두어 권 있다. 아주 오래된 것들은 아니지만 그렇다고 흔히 구할 수 있는 책들 또한 아니다. 그중 하나는 1983년에 민음사에서 단권으로 처음 나온 『미당 서정주 시 전집』이다. 10여 년 전에 나는 이 책을 그 무렵 퇴근길에 자주 들르던 파주의 어느 헌책방—지금은 없어졌다—에서 발견했는데 표지를 넘겨보니 면지에 저자의 친필 서명이 되어 있었다. 미당이 어느 국어학자에게 증정한 것이었다. 그날 나는 책값으로 5000원을 치렀다. 뒤표지에 연필로 적혀 있던 가격이었다. (5만 원이었다 해도 일말의 고민 없이 샀을 것이다.) 『미당 서정주 시 전집』의 정가는 6000원이다. 반복하건대 헌책은 정가가 없다. 헌책 가격은 헌책방 주인이 자기 마음대로 정하는 것이다.

　내가 자주 드나드는 헌책방의 주인들은 대부분 책 뒤표지에 연필로 가격을 적어놓는다. 어떤 주인들은 뒤표지에 적어놓는 것으로는 부족한지 뒤쪽 면지에도 동일하게 가격을 써둔다. 인천 아벨서점의 주인은 독특하게도 표지나 면지가 아니라 책밭이라고 불리는 책 밑면에 책값을 기입한다. 드물게는 가격이 적히거나 찍힌 견출지가 붙어 있는 책들을 보기도 한다(이러한 견출지들은 대부분 잘 떼어지지 않고 애를 써 떼어내도 책에 끈적끈적한 자국을 남긴다).

책값은 보통 아라비아숫자 하나, 혹은 두 개로 표시한다. 5000원짜리 책이라면 5, 15000원짜리는 15, 4500원짜리는 4.5다. 나름대로 정찰제인 셈이지만 오래 겪어본바 흥정이 통하지 않는 것은 아니다. 또한 인심이 후한 주인이라면 단골들에게는 알아서—물론 모종의 기준이 있다—책값을 기분 좋을 만큼 덜어주기도 한다.

어떤 헌책방에 가서 보면 가격이 표시되어 있지 않은 책이 태반이다. 손님이 골라 온 책을 보고 주인이 바로바로 부르는 게 값이다. 이를 잘못된 방식이라고 할 수는 없고 그들이 터무니없는 가격을 부르는 일도 그리 많지 않지만 요즈음 나는 이런 헌책방에는 웬만하면 가지 않는다. 이유인즉 책을 살펴보다가 소장할 만한 가치가 있어 보이는 책을 두어 권 발견하여 주인 앞으로 들고 가 조심스레 값을 물어보면 대체로 내가 속으로 산정한—헌책방을 오래 들락거리다 보면 자연스레 어림할 수 있게 된다—것보다 훨씬 더 비싼 가격을 불러서 그대로 돌아 나온 적이 적지 않았던 것이다. 정작 자신은 본인의 영업장에 있는 줄도 몰랐던—나는 그랬으리라 확신한다—책들을 짐짓 귀한 물건 다루듯 심각한 표정으로 이리저리 살펴보고는 나의 예상과 너무나도 동떨어진 가격을 부른다. 그럴 때 그들은 값나가는 책들을 알아보게 생긴 손님을 알아보는 것 같다. 그러면 그만 기분이 팍 상해버리고 만다. 나는 여간해서는 헌책방에서 흥정을 하지 않는다. 그러니 불쾌해진 마음을 달래며 발길을 돌리고는 이따위 헌책방 다시는 오지 않겠다고 쓸데없는 다짐이나 하는 것이다.

나는 꿈속에서도 그 책이 귀한 것인 줄 알고 또 꿈 밖의 세계에서는 절판된 것임을 안다. 꿈속의 나는 아주 천천히 책을 고르면서 주인이 비싼 값을 부르지 않도록 신중을 기한다. 현실에서와 같이 꿈속에서마저 내겐 돈이 충분치 않다. 그래서 오늘 사지 못한 두 서너 권의 책은 다른 사람이 찾지 못하도록 전혀 엉뚱한 분류 속에 깊이 숨겨둔다. 예를 들면 문학책을 기독교 서적 칸에, 예술사에 관한 책을 과학·기술서적 칸에 말이다.[*]

값이 비싸서 사지 못한 책을 나만 아는 곳에 숨겨놓은 적은 없지만 "주인이 비싼 값을 부르지 않도록 신중을" 기하는 마음만은 무엇인지 알고도 남을 것 같다.

한편 그럴 필요가 없어서 주인이 책에 가격을 표시해두지 않는 헌책방도 있다. 이곳에서 파는 책들은 극히 적은 예외를—이를테면 한창기가 발행한 월간지 《뿌리깊은나무》. 나는 오래전 어느 추운 겨울날 이곳의 책장 꼭대기에 쌓여 있던 《뿌리깊은나무》를 상당수 구하여 그로부터 얼마 지나지 않아 53권 전체의 짝을 맞추는 데 성공했다—제외하고는 책값이 무조건 정가의 반값이다. 그러하기에 굳이 모든 책에 일일이 가격을 적어놓을 필요가 없는 것이다. 이 헌책방에 가면 일반 문학 서적보다 정가가 비교적 높게 책정되고 발행 부수도 그리 많지 않은 인문 학술 분야의 묵직한 책들을 상대적으로 많이 구입하게 되는 것은 이러한 까닭에서다. 온라인에서 비상식적인 가격에 거래되는 절판본을 이곳에서는 운이 좋으면 딱 정가의 반값에 손에 넣을 수 있다.

* 장정일, 『장정일의 독서일기』, 81~82쪽.

나는 헌책을 사서 집에 가지고 오면 보통은 그날 바로 책표지에 연필로 적혀 있는 숫자를 지우개로 성심성의껏 문질러 최대한 흔적이 남지 않게 지운다. 심지어 책발에 적힌—아벨서점에서 사 온 책들—숫자들도 손가락에 이리저리 힘을 주어가며 어떻게든 지워내고는 했다. 종종 들르는 알라딘 중고서점의 헌책들에는 당연하게도 바코드가 인쇄된 스티커가 붙어 있는데 이것은 더할 나위 없이 깔끔하게 떼어져 아주 마음에 든다. 표지에 그 일부가 들러붙거나 끈끈한 접착제 자국을 남기지 않고 시원하게 떨어지는 것이다. 누군가는 이렇게 물을 수도 있으리라. 언제고 헌책을 되팔 때 마치 헌책이 아니라 일반 서점에서 구매한 새 책처럼 보이게끔 하려고 그러는 것은 아닌가. 전혀 아니라고는 말하지 못하겠다. 하지만 내가 습관처럼 사들인 헌책에 표시되어 있는 책값을 없애는 데 열중하는 것은 아무리 헌책이라 해도 이제 내 소유가 된 책에 거래의 흔적이 남아 있는 것을 보기가 싫어서다. 오롯이 나의 것이 된 책에 다른 사람들이 써놓은 글씨, 견출지, 바코드가 인쇄된 스티커 따위가 붙어 있는 것을 좀처럼 보아 넘기지 못하는 것이다. 그러한 너저분한 것들을 그대로 놓아둔다면 도무지 그 책은 내 것처럼 여겨지지 않을 듯한 것이다.

　다른 사람에게 팔기 위해 헌책을 사들이는 사람들의 실용적 필요에 따라 매겨지고 표시되는—혹은 표시되지 않는—헌책의 값이 나에게 갖는 의미는 대저 이러이러한바 혹 조금이라도 공감하는 독자가 있다면 그 또한 작은 위안이겠다.

흔적들

세상에는 인간의 유형을 두 가지로 구분하는 수많은 기준이 있다. 거기에 하나를 보태보려 한다. 인간은 두 부류로 나눌 수 있다. 책에다 흔적을 남기는 사람과 남기지 않는 사람. (물론 이러한 분류는 오류다. 전자나 후자 어디에도 속하지 않는 인간들이 전자와 후자를 합한 인간들보다 비교할 수 없을 만큼 많기 때문이다.) 그러거나 나는 철저히 후자다. 일단 나는 책에다 글씨를 쓰지도, 그림을 그리지도 않는다. 밑줄을 긋는 일 또한 없다. 기억해두고 싶거나 언젠가 쓰게 될지도 모르는 글에—이를테면 서평이나 독서 에세이—분명히 필요하리라 여겨지는 문장 혹은 단락을 마주하게 되면 휴대전화로 책장의 사진을 찍거나—쪽 번호가 보이도록—해당 페이지에 포스트잇을 붙여놓는다. 간혹 손이 닿는 곳에 휴대전화도 포스트잇도 없는데 몸뚱이를 움직거리기가 죽도록 귀찮을 때는 하는 수 없이 책장 모서리를 강아지 귀 모양으로 접어두기도 하지만—이 또한 책에 남기는 흔적의 하나다—, 이는 대개 있어도 그만 없어도 그만인 책의 경우에 그리하는 것이고, 갖가지 이유로 각별히 소장하는 책들에는 해당되지 않는 이야기다. 근래에 문학평론가 정홍수의 새로 나온 산문집*을 읽다가—그의 글은 머리를, 그보다 자주 마음을 두드린다—사소한 대목에서 잠시 눈길이 멈추었다. 대학에 입학한 해, 타지 생활의 막막함과 엄혹한 시절의 살풍경이 견디기 어려워지면 그는 강의를 듣고 나서 도서관에 가 밤늦도록 고향에서 가지고 온 문학책들을 읽고는 했나 보다. "책을 접는 게 싫어 읽은 페이지를 책 뒤의 백지에 숫자로 적으며 읽어나갔다"라고 쓴 것을 보고는 왠지 그가 어떤 사람인지 잘 알 것만 같았다. 비록 나는 책의 면지에 뭔가 적는 것도 내키지 않아 아예 수첩 같은 데다 다음에 읽어야 할 쪽수를 따로 적어놓았을 것 같기는 했지만. 귀한 책을 사들이고 간수하는 데 무진 공을 들였던 것으로 보이는 일석 이희승도 책에다 글써를 써넣는 일은 하지 않았던 모양이다.**

* 『서로의 등을 바라보며』, 창비, 2023.
** "고서점에서 이런 책을 하나 발견할라치면, 어떠한 일이 있더라도 그것을 입수하여야 되었고, 한번 입수한 다음에는 구기박살이 된 책장을 일일이 펴서 인두질을 치고 의(표지表紙)를 갈아 붙이거나 풀칠을 하여 개장(改裝)을 하는 것이었다. 그리고 책에 문자를 기입하는 등의 일은 절대로 하지 않았다. 이러한 책을 저장함으로써 마음의 가멸(부富)을 느끼었고, 그 책을 읽어갈 적에 이해에 앞서 우선 법열(法悅)을 만끽하게 되었던 것이다." 이희승, 「빰 치고 싶어」, 동아일보 1962년 7월 16일 자. 강명관, 「책 빌

나는 사람들이 책을 읽으면서 판면을 여유롭게 둘러싸고 있는 여백이나, 초점이 흐려지면 페이지가 마치 줄이 그어진 노트처럼 보이게 만드는 행과 행 사이 공간에 어떻게든, 그리고 무엇이든 기어코 써넣기를 좋아한다는 것을 잘 알고 있다. 그렇게 쓰이는 것들이란 예컨대 희망과 절망, 기쁨과 슬픔이요 그 밖에는 후회, 원망, 분노 등등 책의 본문과는 전혀 상관없는 상념의 흔적들일 때가 많다. 비록 그 수가 그리 많지는 않을 것으로 짐작되기는 하지만, 어떤 사람들은 보통의 독자들이 책에 가하는 이러한 행태를 비웃기라도 하듯 밑줄 하나를 그을 때도 미간을 찌푸리며 정신을 집중하고 거의 모든 페이지에 깨알 같은 글씨로 진지하게 나름의 '주석'을 다느라 여념이 없기도 하다. 그러거나 어느 쪽이든 내가 책을 대하는 태도와는 거리가 멀다.

책에 어떠한 흔적도 남기고 싶어 하지 않는 나의 심리는 책이란 단순한 읽을거리에 그치지 않는다는 일념에 기원한다. 적지 않은 독자에게—나의

리는 자, 빌려주는 자」, 『독서한담: 오래된 책과 헌책방 골목에서 찾은 심심하고 소소한 책 이야기』, 휴머니스트, 2016, 59~60쪽에서 재인용.

아내에게도—책의 앞날개와 뒷날개는—한껏 펼쳐
진 책의 모습이 활공하는 새의 모습을 닮았음을 인
정하지 않기는 어렵다—책갈피로 쓰기에 매우 적절
하다. 책날개가 책갈피로 쓰인 책들은 표지가 접힌
부분이 흉하게 부풀어 올라 그것을 보는 나의 마음
을 아프게 한다. 읽을거리로서 그 가치가 아무리 높
다 하더라도 나는 이런 식으로 훼손된 흔적이 남은
책은 어지간하면 내 것으로 삼고 싶지 않다. 이것이
일종의 결벽이고 나아가 강박이라는 것 또한 나는
잘 알고 있다. 단순하고 명쾌한 사실이다. 하지만
적어도 책에 대해서 나는 이 사실에 의지할 때 마음
편하다.

　　근래에 어떤 책에서 읽은 이야기. 한 작가가
길을 걷다가 눈길을 끄는 책 몇 권을 깔아놓고 길거
리에 앉아 있는 노부인을 보게 된다. 그에게는 문학
고서를 수집하는 취미가 있다. 책들 가운데 흔히 볼
수 없는 슈테판 게오르게*의 시집이 있다. 책들에
관심을 보이는 그에게 노부인은 자기 집 지하실에
는 이런 책들이 아주 많다면서 한번 가서 보겠느냐
고 한다. 마음이 움직인 그는 노부인을 따라가고 그

* 　독일의 상징주의 시인(1868~1933).

녀의 집 지하실로 안내를 받는다. 그곳에는 범상치 않아 보이는 책들이 가득한데 그것들은 모두 그녀의 작고한 남편의 장서다. 그는 책들을 조급하게 살펴보기 시작한다(사실 노부인은 치매를 앓고 있어 본인이 지하실에 데려다준 그의 존재를 금세 잊어버릴 수도 있기 때문이다). 하지만 얼마 뒤 지하실에서 올라온 그의 손에 들려 있는 책은 처음에 눈길을 끌었던 슈테판 게오르게의 시집 한 권뿐이다. 그는 (다행히 자신을 잊지 않은) 그녀와 책값을 흥정하고 씁쓸하게 발길을 돌린다. 어찌 된 일일까? 갖고 싶은 책들을 모두 사들이기에는 가진 돈이 턱없이 부족했던 것일까? 그럴 리가. 이유는 다른 데 있었다. 노부인의 남편은 말하자면 수집가가 아니라 주석가였던 것이다. 주석가란 어떤 사람인가? 책에다 코를 박고 저자의 문장들에 시도 때도 없이 자신의 주장과 감상을 붙여 넣는 이들이다. 책을 사랑해마지않았을 전 소유주가 진정 희귀한 책들 여기저기에 무수히 남겨놓은 흔적들을 그는 끝내 받아들이지 못했다. 그의 진술을 읽노라면 구구절절 공감하지 않을 수 없어 나도 모르게 몸이 꼬인다. 사물로서의 책이 그 본래적인 가치를 잃어버린다는 것은 서글픈 일이다.

그런데도 나는 내 안의 수집가를 고문하는 그 지하실에 조금 더 머물렀다. 그 독일어 교사의 책들 가운데는 두 번의 세계 대전 사이에 활동했던 저명한 작가들의 작품들이 많이 있었다. 그중에는 로베르트 무질의 소설 『특성 없는 남자』의 초판본(이렇게 쓰는 것조차 고통스럽다) 같은 귀중한 판본들도 실제로 몇 권 있었다. 그러나 책 주인이 뾰족한 펜으로 극히 정확하게 숙독한 흔적이 모든 책에 남아 있었다. 유감스럽게도 이것은 책 주인이 책을 직업 활동의 기록으로 변화시켰음을 의미했다. 그로 인해 책은 원래의 가치를 상실했다. 적어도 내게는 그랬다.*

　얼마 전 나는 서울의 어느 헌책방에 들렀다가 출입문 가까운 곳의 서가에서 무애 양주동의 책 한 권을 발견했다. 1960년 신태양사에서 발간된 산문집 『문주반생기(文酒半生記)』였다. 요즈음 무애의 책을 헌책방에서 보기란 여간 어려운 일이 아니고 『문주반생기』 같은 책이라면 더더욱 그러하다. 책을 서가에서 뽑아냈는데 장탄식이 나올 정도로 꼴

---

*　부르크하르트 슈피넨, 리네 호벤(그림), 『책에 바침』, 52쪽.

이 말이 아니었다. 다행히 판권지는 제자리에 붙어 있었으나 성치 않은 표지를 비닐로 싸서 마구잡이로 테이프 칠을 해놓아 종내에는 표지와 비닐이 달라붙어버렸고, 책등이 온데간데없이 사라져 사철한 데가 그대로 드러난 곳에는 흰 종이를 대충 덧대고 매직인지 네임 펜 같은 것으로 제목을 휘갈겨놓은 모양새가 처참한 지경이었다. 여기저기 마구 접힌 책장과 본문 곳곳의 낙서에 대해서는 더 이상 말하고 싶지도 않다. 물건으로서 책이 처음 지니고 있던 가치가 훼손된다는 것은 비극이다. 얼마간 보아 넘길 수 있는 수준이었다면 술값을 조금 덜 쓰는 한이 있더라도 집어 왔을 텐데 나의 눈에 그 책은 심하게 말하면 폐지 덩이나 다름없었다. 『문주반생기』는 한동안 같은 자리에 꽂혀 있었다. 내가 알기로 그곳은 절판본 애호가들이 수시로 드나드는 헌책방인데도 쉬이 임자를 만나지 못한 것을 보면 그러한 책들이 어떤 대접을 받는지 어림할 수 있다. 어쩌면 이는 극단적인 예일지도 모른다. 그러거나 나는 전 소유주의 흔적이 과도하게 남아 있는 책은 그 흔적의 종류와 상관없이 구매하기가 꺼려진다. 지금이 아니면 다시는 볼 수 없을 게 분명하다고 여겨지는 책이라면 얼마간 기준을 완화할 용의도 있지만 그런 책을 발견하는 일은 그리 많지 않다.

당연하게도 오래된 책들 중에는 꼴이 성하지 않은 것이 많다. 예컨대 양장본은 책갑이나 겉표지가 유실된 것이 태반이고, 책등과 앞뒤 표지의 접합부가 뜯긴 경우 또한 셀 수 없다. 판권지가 찢겨 나가 서지를 확인할 수 없는 책들도 적지 않다. 심하게 오염되었거나 형태가 뒤틀려버린 책도 자주 본다. 이러한 책들은 대부분 그 내용적 가치와 상관없이 수집의 대상으로서는 심각한 결격 사유를 갖고 있는 셈이다. 따라서 양심을 가진 헌책방 주인이라면 제값을 매겨 팔기도 어렵다. 책을 오로지 읽을거리로만 여기는 사람들이라면 결코 알 수 없는 영역의 일이다. 물론 그들이 알고 싶어 할 것 같지도 않지만.

나는 한때 이렇게 흠이 있는 책들 또한 적잖이 사들였다. 물론 책을 읽을거리로만 여겨서 그랬던 것은 아니다. 오래되었고 흔히 볼 수 있는 책들이 아닌 데다 무엇보다도 제값을 치르지 않아도 되었기 때문이다. 그리고 개중에는 원상을 고스란히 유지하고 있는 책도 아예 없지는 않았다. 1954년에 서울신문사에서 출간된 수주 변영로—「논개」라는 시로 잘 알려진—의 『수주수상록(樹州隨想錄)』도 그런 책 가운데 한 권이었다. 그러나 오래된 책들은 어지간히 세심하게 보관하지 않으면 금세 망가져버린다. 얼마 전에 서가를 정리하다가 그만 그 책을 잘못 건드려 삭을 대로 삭은 책등의 일부가 떨어져 나가버리고 말았다. 본래의 모습을 회복할 수 없다는 것을 너무나 잘 알았지만 나는 그 바스러질 것 같은 종잇조각을 차마 버리지 못해 안전한(?) 곳에 따로 보관해두었다. 그 뒤에 나는 웬만한 크기의 책이라면 한 권이 쏙 들어갈 만한 투명 비닐을 잔뜩 사다 놓았다. 시간이 날 때마다 지나치게 낡은 책들을 골라 담아두고 있다. 이미 온전하지 못한 상태이지만 더는 훼손되지 않도록 해두어야 할 것 같아서다. 어차피 읽으려고 사들인 것들도 아니다.

일본의 민예학자 야나기 무네요시는 흠 없는 물건에 집착하는 수집가들의 속성을 간파해낸다.

대체로 수집가들은 '완전품'에 대한 집착이 강하다. 그것이 한 권의 책이 됐건 한 개의 도자기가 됐건 금이나 흠집이나 때를 극도로 싫어한다. 그리하여 완전하지 않으면 손을 내밀지 않는 사람이 있다."*

* 야나기 무네요시, 「수집에 대하여」, 『수집이야기』, 42쪽.

무엇을 모으든 대부분의 수집가들이 수집 대
상의 외양에 신경 쓰는 것은 무척 자연스러운 일인
바 새삼스러울 것이 없으나, '완전한가 그렇지 않은
가'만을 지나치게 따지다 보면 일상에 소박한 즐거
움을 가져다주는 일이어야 할 수집 자체가 그만 피
곤하기 그지없는 일이 되어버리고 마는 것도 사실
이다. 책으로 한정해보아도, 어찌 보면 헌책은 거기
에 아무런 흔적도 남아 있지 않다 한들 그 자체가
흔적인지도 모른다. 과거에 누군가 가지고 있었다
는 사실의 흔적. 그러하니 특정한 사물을 그러모으
길 좋아하는 사람들이 정작 새겨들어야 할 말은 어
쩌면 이런 것인지도 모르겠다.

홈집이 신경 쓰이는 까닭은, 아름다움에 대한 것
이라기보다 완전함에 대한 사랑이 강하기 때문일
것이다. (…) 완전하면서 추한 것은 많이 있다. 그
리고 불완전해도 아름다운 것 역시 많이 있다. (…)
좋은 물건은 홈집이 있어도 좋고, 나쁜 물건은 완
전해도 나쁘다. (…) 완전, 불완전은 사물의 가치판
단이 될 수 없다. 설령 하나의 기준은 될 수 있을지
라도, 근본적인 기준은 결코 될 수 없다.*

헌책의 경우, 거기 남아 있는 어떠한 흔적은 뜻하지 않게 책의 가치를 높여준다. 쉽게 짐작할 수 있겠지만 그러한 흔적을 대표하는 것은 서명이든 메모든 저자가 책에 손수 남겨놓은 육필이다. 그러한 흔적은 책의 내용적 가치와 무관하게 책이라는 사물 자체에 강력한 오라(aura)를 덧씌운다. 이를테면 책 수집가들과 애서가들이 유명한 저자의 친필 서명본에 집착하는 것은 지극히 자연스러운 일이다. 그런즉 책에 남아 있는 흔적들 모두를 백안시하는 것도 바람직한 태도라고 할 수는 없다. 움베르토 에코가 프랑스의 시나리오 작가 장클로드 카리에르와 나눈 대담을 엮은 『책의 우주』는 책에 관한 책을 좋아하는 사람에게는 숨넘어갈 만큼 흥미진진한 책이다. 희귀 고서 수집가이기도 한 에코는 책의 흔적들에 대해서도 눈이 번쩍 뜨이는 이야기를 들려준다.

나는 그 내용이나 판본의 희귀성보다는, 예를 들어 어떤 미지의 독자가 텍스트에 때때로 다양한 색깔들로 밑줄을 긋는다든지 여백에다 메모를 적는다든지 하면서 남겨 놓은 흔적들 때문에 모종의 가

* 같은 글, 44쪽.

치를 얻게 된 책들을 가지고 있지요⋯⋯. 예를 들어 내게는 파라셀수스가 쓴 고서가 있는데, 이 책의 각 페이지는 독자가 적어 놓은 글들과 인쇄된 글이 어우러져 마치 자수가 놓인 레이스를 연상케 한답니다. 나는 항상 이렇게 되뇌죠. 맞아. 귀중한 고서에다 밑줄을 긋거나 여백에 메모를 해봐서는 안 되는 법이야⋯⋯. 하지만 동시에, 어떤 고서에 제임스 조이스가 직접 메모를 남겨 놓았다고 가정해 봅시다. 그 책이 얼마나 큰 가치를 갖게 되겠습니까? 여기서 나의 반감은 눈 녹듯 사라져 버립니다.*

내가 고이 여기는 어떤 책에는 특별한 흔적이 남아 있다. 그것은 글이나 그림 같은 것은 아니다. 내가 이 책을 처음 발견했을 때부터 책장 사이에 끼워져 있던, '호치키스'로 철이 되었고 귀퉁이에 검은색 리본이 달린 몇 장짜리 유인물과 편지봉투 한 장이다. 이 책은 김현 문학전집의 첫 권인 『한국 문학의 위상/문학사회학』으로 1991년 6월 27일에 출간된 초판이다. 간기 면에는 김현의 인지가 붙

*   움베르트 에코, 장클로드 카리에르 대담, 장필리프 드 토낙 사회, 『책의 우주』, 124~125쪽.

어 있다. 종이 색만 곱게 바랬을 뿐 별다른 흠 없는 책이다. 앞 면지에는 책을 증정받은 사람—이 책의 첫 번째 소유주—의 이름과 증정한 사람들의 이름이 수기로 적혀 있다. 왜 증정한 사람이 아니라 사람들인가 하면, 김현의 자제 되는 분이 둘인 까닭이다. 이 책은 그들이 돌아가신 "아버지를 대신하여" 증정한 것이다. 두 번 반듯하게 접힌 유인물의 첫 장 상단에는 "김현1주기 추도 및 김현문학전집 봉정"이라는 일종의 제목이 인쇄되어 있다. 가운데에 자리한 것은 누가 그렸는지는 알 수 없으나 매우 근사한 김현의 초상(크로키). 하단의 일시와 장소로 보건대 책의 출간일인 6월 27일에 김현의 묘소에서 김현 문학전집을 펴낸 문학과지성사 주관의 추도식과 전집 봉정식이 있었던 모양이다. 식순, 찬송가 악보, 몇몇 시인들의 추도 시—그중 하나는 유하의 시「두꺼운 삶과 얇은 삶」으로 이는 물론 김현의 글(제목이자 책 제목)에서 따온 것이다—가 인쇄된 페이지들이 이어진다. 그리고 반으로 접힌 흰색 편지봉투의 앞면에는 '祝婚', 뒷면에는 '김광남'이라는 글씨가 볼펜으로 적혀 있다. 아마도 이 책의 최초 소유주가 김현의 축의금 봉투를 그의 자제들에게서 증정받은 책에 부러 끼워둔 것이 아닌가 싶다.

적어도 짧지 않은 시간 동안 김현의 글을 읽는 것이 삶의 낙이었던 나는 이 책의 가치를 측정할 수가 없다. 책이 아니라 그 속에 끼워져 있는 흔적들 때문이다. 책에 남은 어떤 흔적은 그 자체로 눈부시게 강렬하다.

나는 가끔 헌책방이야말로 책의 우주 같다고 생각하고는 한다. 그리고 그곳은 책에 남은 흔적들의 우주이기도 하다고.

후기를 대신하여

2023년 12월 24일. 맑음. 성탄 전야. 요 며칠 매섭던 추위가 한풀 꺾였다. 전날 내린 눈이 녹다 말았다.

저녁나절에 신촌의 헌책방 두 곳에 들렀다. 날이 풀려서일까, 먼저 간 숨어있는책에는—며칠 전에 이곳에서 박경리의 산문집 『Q씨에게』(솔, 1993)를 구했다—다른 날보다 객이 많았다. 새로 들어온 것으로 보이는 책들이 적지 않다. 이문구의 『해벽』(창작과비평사, 1974) 초판, 박완서의 『배반의 여름』(창작과비평사, 1978) 초판, 덧싸개며 본문 종이가 몹시 바래기는 했지만 손 탄 흔적이 많지 않은 김현 문학전집(문학과지성사) 여러 권이 눈에 들어왔다. 손님들이 하나둘 책을 사서 돌아간다. 주인이 조금씩 에누리를 해주며 성탄 인사를 하는 소리가 들려온다. 갖고 싶은 책이 두엇 있지만 요즘 다소 무리를 한 터라 마음을 달랜다. 구경을 마치고 달랑 오규원 시선 『한 잎의 여자』(문지스펙트럼 1-008)*—왠지 집에 있는 것 같기도 한데—한 권만 들고 나온다. 양서가 상당수 포함되었던 옛날의 문지스펙트

---

* 1-008의 1은 '한국 문학선'을 가리킨다. 참고로 2는 외국 문학선, 3은 세계의 산문, 4는 문화 마당, 5는 우리 시대의 지성, 6은 지식의 초점, 7은 세계의 고전 사상이다. 문학과지성사, 1998.

럼 시리즈는 태반이 절판되었고 현재는 개비되어 외국 문학서 위주로 계속 출간되고 있다. 구판은 이 책 저 책 헌책방에서 자주 눈에 띈다.

글벗서점에는 눈길을 끄는 책이 별로 없다. 지난주에는 이곳에서 황동규의 산문집 『겨울 노래』(지식산업사, 1979)를 발견했다. 짐작대로 책값이 꽤 나갔다. 같이 고른 『세계의 장서표』*는 주인이 거저 얹어주었다. 전번에 들렀을 때 인터넷에서 보고 매장에 가져다달라 부탁해놓은 책이 한 권 있었다. 그것만 사가지고 가려던 차 높다랗게 쌓인 책 탑 윗부분에 놓인 허름한 잡지의 책등이 눈에 들어왔다. 월간지 《문학사상》의 창간호였다. 책을 집어 들었는데 표지를 가득 메운 그림 때문에 자못 놀랐다. 파이프를 문 붉은 입술 사내의 눈빛이 날카롭고 매섭다. 서양화가 구본웅(1906~1952)이 그린 시인 이상

---

* 1993년 한국애서가클럽이 주최한 제1회 세계의 장서표 전시회의 도록. 한국출판무역주식회사에서 펴냈다. 발행인인 여승구는 한국의 대표적인 고서 수집가, 장서가로서 화봉문고를 운영하며 자비로 종로에 화봉책박물관을 지었다. 2022년 별세했다. 이 도록의 편집을 진행한 사람 중 한 명은 문인들의 장서표로도 이름이 잘 알려진 판화가 남궁산이다.

의 초상화였다('우인상(友人像)'으로도 알려진 〈친구의 초상〉(1935)이라는 그림이다).* 책을 살펴보고 계산을 하려 하니 고맙게도 주인은 얼마간 책값을 덜어준다. 보기 드문 책을 갖게 되어 흐뭇하다.

집에 돌아와서 책을 유심히 들여다보니 이상의 초상화 위에 글이 한 줄 검은색으로 인쇄되어 있다. "40년 만에 밝혀진 具本雄作 李箱의 肖像畵".(정확히는 37년 만이다.) 구본웅의 작품들은 한국전쟁 때 폭격으로 대부분 소실되었다. 〈친구의 초상〉도 그 행방을 알 수 없었다. 구본웅의 유족들이 몇 점의 그림을 들고 다시 나타난 것은 1972년 국립현대미술관에서 열린 '한국근대미술 60년전'이 끝난 뒤였다. 유족들은 〈친구의 초상〉을 비롯하여 구본웅의 그림들을 미술관에 팔려고 했지만 미술관 측에

---

* 구본웅과 이상은 절친한 사이였다. 이상은 구본웅의 의붓어머니 변동숙의 나이 차 많이 나는 이복 여동생 변동림과 결혼했다(변동림과 이상의 만남을 중개한 사람은 속설과 달리 구본웅이 아니라 다방 낙랑파라에서 일하던 변동림의 오빠 변동욱이다. 공예가 이순석이 경영했던 낙랑파라는 박태원의 『소설가 구보씨의 일일』, 이태준의 「장마」 등에 등장한다). 알다시피 변동림은 이상이 죽은 뒤 화가 김환기와 재혼하며 그의 성과 아호를 따 김향안(金鄕岸)으로 개명했다. 국립발레단 단장 겸 예술감독 강수진이 구본웅의 외손녀다.

서는 예산 부족을 이유로 구입을 고사했다. 유족들은 전시 기획위원 이경성, 서울신문 기자 이구열과 접촉했다. 이구열은 《문학사상》의 편집장에게 〈친구의 초상〉에 대해 귀띔했는데 소식을 들은 주간 이어령이 반색을 했다. 창간 준비 중인 잡지 《문학사상》의 표지에 사용할 한국 문인들의 초상을 구하고 있었기 때문이다. 이어령은 그림값으로 50만 원을 수표로 건넸지만 이구열은 고심하다 끝내 사양하고 미술관 측을 설득, 1972년 말 마침내 국립현대미술관은 특별 예산을 편성하여 구본웅의 유작 여덟 점을 사들였다. 이어령은 당시를 회고하며 "원본을 갖지 못해 아쉽지만, 《문학사상》에 이상 초상이 실린 것은 대단한 사건이었다. 이상은 물론 구본웅까지 우리 문예사의 주역으로 부각시킨 단초가 됐고, 내 인생에서도 가장 잊을 수 없는 명작으로 남게 됐다"라고 말했다.* 이것이 구본웅의 잊혔던 걸작 〈친구의 초상〉이 《문학사상》 창간호의 표지로 쓰이며 세상에 다시 알려지게 된 배경이다. (《문학

* 〈친구의 초상〉과 관련한 내용은 노형석, 「이어령이 탐냈던 '이상의 얼굴'」(작품의 운명 ③ 구본웅의 걸작 '친구의 초상'), 한겨레 2018년 6월 19일 자(인터넷판)를 참고하여 작성한 것이다.

사상》은 이상을 시작으로 김동인, 한용운, 김유정, 나도
향, 이상화, 김영랑, 심훈, 현진건, 염상섭, 채만식의 초
상화로 표지를 장식했다.)

뒤표지를 보니 왼쪽 끝에 "文學思想·第一號(再
版本)"이라고 인쇄되어 있다. 별나다. 잡지가 재판
을 찍었다니. 부랴부랴 간기 면을 펼쳤는데 점입가
경, 재판이 아니라 3판이다. 1972년 10월 1일에 초
판을 찍었는데 10월 5일에 3판을 발행했다(《문학사
상》 창간호는 삼성출판사에서 나왔다). 인터넷을 뒤
져보니 3판까지 1만 2000부 넘게 찍었다고 한다.
창간을 주도한 이어령의 후광과 극적으로 재발견
된 이상의 초상화 덕분이지 않았을까 싶다. 뒤표지
의 '재판본'은 미처 수정을 하지 않은 것일 터다. 사
실 이 책의 재판, 3판은 2쇄, 3쇄라고 했어야 맞다.
짐작하건대 이 무렵 출판 관계자들은 판과 쇄를 명
확하게 구분하여 쓰지 못했거나 부러 그러지 않았
던 것 같다.* 비록 3쇄본이기는 해도 《문학사상》 창

---

* 1970년대 후반 문학과지성사 대표를 지낸 김병익의 회
  고. "나는 여기서 두 가지 더, 일반 독자는 모르고 출판계
  도 그저 지나친, 그러나 나로서는 자랑하고 싶은 점을 보
  태고 싶다. 나는 '판(版)'과 '쇄(刷)'를 엄격히 구분했다.
  '판'은 원고를 편집 조판해서 찍어낸 '에디션edition'이고

간호를 인터넷 중고서점이 아니라 헌책방에서 발견하기란 흔한 일이 아니다. 게다가 사 들고 오지 않았더라면 《문학사상》 창간호 표지에 이상의 초상이 실린 속사정 또한 알 길이 없었을 것이다. 물론 그런 것을 왜 알아야 하느냐고 묻는다면 딱히 할 말은 없지만.

　헌책방에 다녀오는 날에는 종종 이러한 이야깃거리가 생기기도 하지만 평소에 나는 이러한 기

'쇄'는 같은 조판 면을 인쇄하는 '프린팅printing'이다. 그러니까 원고를 새로 조판하거나 고치거나 덧붙일 경우 발행의 숫자가 바뀌고 같은 판을 계속 그대로 다시 찍으면 쇄가 된다. 그것을 당시 출판사들은 모르거나 의도적으로 무시해서 판과 쇄를 구분하지 않았(못했)고, 많은 경우 가령 '3쇄'라고 표시해야 할 것을 애매하게 '중쇄(重刷)'로 표기했다. 판권란의 이 모호한 판과 쇄 표기는 출판사의 세금 고지를 줄일 수도 있었지만, 문공부는 그 구별 없이 쇄가 바뀌는 대로 납본을 요구했다. 그것은 1쇄는 검열을 통과했지만 같은 판 3쇄는 판금당하는 것 같은 어이없는 일을 만들어냈다. 나는 이 판과 쇄를 구분하여, 가령 판권란에 '제2판 제3쇄'로 표기함으로써 간행의 기록을 분명히 했다. 판권란의 이 프로토콜은 이제 보편화된 것 같다." 김병익, 「책, 그 질긴 인연」, 『기억의 양식들―김병익 글 모음』, 문학과지성사, 2023, 426쪽.

록을 시시콜콜 남기는 일이 없다. 본디 이 책은 후기를 생략하려 했는데 그러자니 왠지 모르게 마음이 후련하지가 않았다. 몇 날 동안 고민을 하다가 떠오른 생각이 헌책방 방문기를 써서 그것으로 후기를 갈음하면 어떨까 하는 것이었다. 마침 우연히 손에 넣은 한 권의 책에 담긴 흥미로운 내력을 알게 되어 본문 끝에 후기를 대신하여 적어둔다.

나를 만든 세계, 내가 만든 세계
'아무튼'은 나에게 기쁨이자 즐거움이 되는,
생각만 해도 좋은 한 가지를 담은 에세이 시리즈입니다.
위고, **제철소**, **코난북스**, 세 출판사가 함께 펴냅니다.

아무튼, 헌책

초판 1쇄 2024년 4월 22일

지은이 오경철
펴낸이 김태형
디자인 일구공 스튜디오
제작 세걸음

펴낸곳 제철소
등록 제2014-000058호
전화 070-7717-1924
팩스 0303-3444-3469

right_season@naver.com
instagram.com/from.rightseason

©오경철, 2024

ISBN 979-11-88343-70-6 02810